Zu diesem Buch

»Wie Charles Dickens schreibt Tahar Ben Jelloun die Geschichte zweier Städte: Fès, die Stadt, in der er geboren wurde, Tanger, die Stadt, in der er aufgewachsen ist. Die Porträts halten sich nicht mit der Beschreibung von Äußerlichkeiten auf. Fès ist für den Autor maghrebinische Geheimniswelt, Tanger ist dieser Welt durch die Sehnsüchte und Erwartungen Fremder genommen. ›Harrouda‹ ist das Protokoll einer Jugend, ist die Verbindung von Biographie und Mythos. ›Harrouda‹ ist die Beschreibung eines Initiationsritus, der aus dem Sohn eines Gewürz- und Stoffhändlers einen Schriftsteller macht. Die Frau Harrouda ist das negative Gegenstück zum weisen Narren Moha. Sie ist das Weib, ist Verführung, Hure und Hexe, sie ist die Sphinx, für allgegenwärtiges Unglück zuständig. Harrouda ist die Anführerin der Wollust, Traum- und Triebbild der Phantasie, Schattenbild der Liebe. Ihr Bild steht über dem Kindheitsort Fès, Fès ist für ihn auch gleichzusetzen mit dem Tag der Beschneidung, mit den Kastrationsängsten, den Halluzinationen nach dem Schritt über die Schwelle. Von da an muß der marokkanische Junge Mann unter Männern sein ...

Mit ›Harrouda‹, der Beschreibung eines Weges von der Kindheit zur Jugend und von dort ins Erwachsenenleben hat Tahar Ben Jelloun sein literarisches Terrain abgesteckt. Er wird Geschichten erzählen, die in seinem Land erfunden und schon unzählige Male erzählt worden sind. Er wird sie mit seiner poetischen, kräftigen, verzaubernden Sprache zu neuem, erschreckendem und unbarmherzigem Leben erwecken.« (»Süddeutsche Zeitung«)

Tahar Ben Jelloun, geboren am 21. Dezember 1944 in Fès (Marokko), studierte Philosophie in Rabat und Psychologie in Paris. Für »Die Nacht der Unschuld« (rororo Nr. 12934) erhielt er 1987 den bedeutendsten französischen Literaturpreis, den Prix Goncourt. In der Reihe der rororo-Taschenbücher liegen ferner vor seine Romane »Sohn ihres Vaters« (Nr. 12302), »Tag der Stille in Tanger« (Nr. 12823) und »Der Gedächtnisbaum« (Nr. 12963) sowie der Essay »Die tiefste der Einsamkeiten« (Nr. 8252): »Einblicke in die männliche Scham, in das Unbehaustsein, die Heimatlosigkeit, das Ausgestoßensein. Ein Buch, das die Welt der immigrierten Fremdarbeiter erklärt.« (»Abendzeitung«, München) Im Rowohlt Verlag erschien 1992 sein Roman »Mit gesenktem Blick«. Tahar Ben Jelloun lebt seit 1971 in Paris.

Tahar Ben Jelloun
HARROUDA

Deutsch von
Horst Lothar Teweleit

rororo
Rowohlt

Veröffentlicht im Rowohlt Taschenbuch Verlag GmbH,
Reinbek bei Hamburg, September 1993

Originaltitel: Harrouda

Umschlaggestaltung Britta Lembke
(Foto: Anno Wilms)
Druck und Bindung Clausen & Bosse, Leck
990-ISBN 3 499 13264 8

Harrouda

ein Vogel

ein Busen

eine Frau

eine Sirene

alle im Buch eingegraben

Meiner Mutter

1
Fès: Lektüre in dem Körper

Es mal sehen, nicht irgendeins, nur kein unschuldiges, bartloses – das hat uns Kinder immer beschäftigt. Eins von einer Frau. Eins, das erlebt und erlitten hat, das sich ermüdet hat. Das in unseren ersten Träumen und den ersten Gewagtheiten spukt. Eins, von dem man in einer öden Gasse spricht, das man in die hohle Hand malt. Das, bei dem man flucht. Das, was man zu erschaffen und erfinden sich erträumt. Die Straßen unseres Viertels kennen es genau. Die Wände haben es gezähmt, und der Himmel hat ihm Platz gemacht. Gegen das Abbild einer Scham ejakulieren wir Wörter.

Wir liebkosen den feuchten Hauch, den wir uns vorstellen. Wir gehen beim Schmerz in die Lehre, wir taufen in heißen Händen das Blut. Bald hat man unseren Eintritt ins Mannesalter gefeiert. Das Bluten ist wirklich. Wirklich die Lust des geschundenen Fleisches. Wir gehen über die Straße mit einer neuen Wunde und spähen nach der Einsamkeit, wegen neuer Scheinbilder. Wir heften sie auf eine Seite des Schreibens. Lachen. Nur lachen, um das, was wir gewagt haben, damit zu paaren. Nichts dergleichen auf unserer Stirn. Dort prangt die weiße Unschuld und die Anmut des zugebilligten Entweichens. Wieder zu Hause, die Stille. So tun als ob.

Aber wer wagt es?

Wer wagt es, von dieser Frau zu sprechen?

Harrouda zeigt sich nur bei Tage. Gegen Abend verschwindet sie irgendwo, in einer Grotte. Fern der Stadt. Fern von unseren Fallen. Sie erneuert ihren Pakt mit dem Oger und gibt sich ihm hin. Ohne weiteres. Ohne ihm das leiseste Stöhnen zu entlocken. Und wir glauben immer noch, daß sie ihm um Mitternacht davonläuft und über die Hausdächer geht. Sie bewacht unseren Schlaf und führt unsere Träume an. Die Angst, vor ihr zu stehen, wenn sie allein daherkommt, formt den Austausch unseres Begehrens.

Wir warten, bis es Tag wird, und streicheln derweil unsere erregten Penisse. Der Morgen, das ist die Leere im Kopf, wir verpacken alles in eine Flucht und nehmen den Weg ins eingebildete Exil. Aber Harrouda tritt aus den Wänden heraus. Nackt und häßlich. Schmutzig und ironisch. Etwas hält sie da in der Achselhöhle. Erst läßt sie ihre Haare nach vorn fallen und dreht sich auf der Stelle. Dann läßt sie die Seele des Ogers erscheinen und durchbohrt sie mit den Fingern. Sie schlürft das weiße Blut und kehrt sich zu uns um, mit Verschwörerlächeln. Sie zwinkert uns zu, quetscht mit beiden Händen ihre Brüste und fordert uns auf, aus ihnen die Weisheit zu trinken. Der Verrückteste unter uns ist auch der Kühnste. Er wühlt sich mit dem Kopf in die faltige Brust, verschwindet und taucht mit einem Stern in der Hand wieder auf. Es passiert auch, daß einige nicht wieder hochkommen. Die hat dann dieses nie erschaudernde Fleisch verschlungen. Andere kitzeln ihren tätowierten Nabel und nehmen Reißaus. Blitzartig schießt die auf die Stirn gezeichnete Hand hervor und ergreift sie. Unter Geröchel preßt Harrouda die Köpfe der Kinder zwischen ihren Schenkeln. Die Knochen krachen, splittern. Ein weißlicher Saft läuft an Harroudas Beinen hinunter. Die Kinder stehen wieder auf, irgendwie niedergeschmettert, aber glücklich über diese neue Taufe. Singend ziehen sie ab.

Aber das wahre Schaustück ist folgendes: wenn sie den Kittel hebt. Wir können es mit knapper Not mitkriegen. Schon ist der Vorhang herunter. Der Rest geistert durch unsere Schlaflosigkeiten.

Die Erwachsenen lachen, sie reizen sie, stoßen ihr die Faust in die Vagina und ziehen sie blutig heraus, dann gehen sie. Sie wollen, daß sie weint. Aber wir geben ihr Orangen und Zuckerzeug. Sie sagt, wir seien alle ihre Kinder und dürften zwischen ihren Beinen schlafen.

Während des Monats Ramadan ist Harrouda selten zu Gesicht zu bekommen. Im Namen der Tugend wird sie nun in der Stadt sämtlicher Tugenden nicht geduldet. Manchmal sieht man sie aus einem Backhaus heraustreten. Allein und traurig, etwas verschämt. Sie trägt einen schwarzen Haïk und spricht niemanden an. Fast unbemerkt geht sie durch die Stadt, den Oued Boukhrareb entlang.

Das Fasten schleicht sich in unsere leeren Frühmorgenstunden und hält für uns einen neuen Ekel bereit, den wir vor dem Heraufkommen der Sonne schlucken werden. Unsere verwerflichen Träume stehen vor Gericht. Wir bereiten uns, bis aufs Blut geläutert, auf die sechsundzwanzigste Nacht vor, in der wir der Rede der Engel, die sich auf unsere Schultern setzen, lauschen werden.

Am Festtag erscheint Harrouda wieder. Sie hat die Verwandlung vollendet, der sie sich dreißig Tage lang unterzogen hat. Sie zeigt sich im Licht des Andersseins. Sie kommt in der Gestalt einer achtzehnjährigen Jungfrau daher. Schön und glücklich. Sie durchquert die Stadt, jetzt ohne ihre Undurchdringlichkeit. Streift nur den Boden im Dahineilen durch die Straßen. Sieht uns kaum. Ist nichts als Stolz auf die neue Zierde: ein makelloses Gedächtnis. Nun haben wir die Reinheit eines in der Ungewißheit verharrenden Blickes zu trinken, wer aber wird uns in die Lektüre des gewisperten Wortes einführen? Wer zu uns in der tätowierten Sprache reden? Wir verlassen das Wort zugunsten der Augen und der Dauer. Am Abend ist Harrouda bereits im Rausch versunken. Sie hat gelebt. Sie hat gerade überall in den schwarzen Gäßchen ihre Exkremente verstreut. Rückzahlung. Die Zeit ist gegen sie. Jede Stunde, die verstreicht, macht sie fünf Jahre älter. Um Mitternacht hat Harrouda alle ihre Altersstufen hinter sich. Das junge Mädchen des Morgens ist nur noch eine Erinnerung. Sie läßt ihre Unterkleider fallen, löst ihr Haar, legt das makellose Gedächtnis beiseite, zieht ihre Runzeln zusammen, geht unbekümmert davon und teilt Trugbilder aus. Ihre Brüste hängen schwer. Sie färbt sie blau, uriniert im Stehen gegen die Mauern und atmet tief deren Geruch ein. Sie saugt den Geruch aus Schweiß, Wein und Urin mit aller Macht ein. Das andere Gedächtnis stellt sich wieder als Blutung ein. Die Erinnerungen schießen wild empor, schaffen Chaos, verursachen Taumel. Harrouda geht fort, um ihre Lehrmeisterinnen aufzusuchen und von der Eule die Leere im Gehirn oder wenigstens den Stillstand des gewaltsamen Einströmens zu verlangen. Am Stadtrand angekommen, schleudert sie die Nacht aus ihrer Kehle. Ihr Lachen wird zum Regen über dem Friedhof. Die Toten wechseln ihre Lage und werden noch einmal von den Engeln befragt. Harrouda geht schwankend von Grab zu Grab. Ihre Haut löst sich ab und fällt in langsamem Gleiten auf einen Stein. Die Haare bleiben am Nacken kleben. Sie haften durch eine bittere Flüssigkeit. Die Knochen verlieren ihren Zusammenhang und werden zu einem Häuflein im feuchten Gras. Sie kann gerade noch den letzten Traum ausspeien. Er ist blau. Wie der Tod ist er blau und durchschimmernd. Er ist rot. Wie der Himmel, klar und ernster Prüfung ausgesetzt. Die Bilder, die der Reihe nach über ihre Stirn laufen, verschwinden, in ihren offenen Mund geschüttet. Der Frühling in einen Körper. Die Alge in den Mund. Steinplatten auf die Brust. Das Meer als Gegengabe. Das Lied bei Tagesanbruch. Die mehrfache Stimme. Der vereinzelte Moment. Der Akt in Farbe. Der Vogel, der stirbt. Es leeren sich die Adern. Nur der Kopf bleibt an seiner Stelle. Er hält sich noch. Das offene Auge. Der aufgedrückte Schrei.

Die vorgetäuschte Zersetzung. - Der Mond wird Zeuge sein.

Harrouda steht wieder auf, sammelt ihre Glieder in einen Sack und wird zu dem Oger gehen, der den Krieg vorbereitet. Den Krieg, der durch alle unsere Risse eindringen wird.

Wir haben lange warten müssen, bis wir Harrouda erneut in unseren Straßen zu sehen bekamen. Der Grund war, daß uns unsere Eltern eingesperrt hielten. Die Türen abgeschlossen, zweimal. Seit die Fremden über die Stadt hergefallen sind, dürfen wir nicht mehr die Schwelle des Hauses überschreiten. Die Angst. Die Angst, eine verirrte Kugel könnte uns treffen. Die Angst, wir könnten unter die Füße der Demonstrierenden geraten. Die Angst, die Häscher des Ogers könnten uns wegschleppen. Der Krieg ist anderswo. Die Erwachsenen kleben mit dem Ohr am Radiogerät, hören Radio Kairo. Krieg oder Widerstand, die Tage sind immer gleich schlecht.

Harrouda ist zurückgekehrt, in eine Fahne gehüllt. Sie hat den Oger vergiftet und die Kinder befreit. Mit Würde und Stolz schreitet sie über die Dächer. Auf ihrer Stirn ein tätowierter Stern. Eines Tages sind wir ihr bis zum Fluß gefolgt. Sie schleppte sich dorthin und spuckte Blut. Wir sahen, wie sie mit einem Schatten rang, dann verschwand sie in einem Strudel. Wir sind hilflos geblieben in unserem Warten. Sie ist nicht wieder erschienen. Sie ist davongetragen worden.

Nachts schliefen wir, ohne daß wir träumten. Harrouda machte nicht mehr die Runde über die Dächer. - Wir waren bereits verwaist. - Unsere erste bebende Ejakulation füllte unsere Hand. Wir ließen das Flüssige in ein Fläschchen laufen. - Das Fläschchen reichte nicht mehr. Wir nahmen eine Flasche. - Die Flasche reichte nicht mehr. Wir nahmen einen großen Krug, bis zu dem Tag, da wir uns entschieden, in dem Krug zu verschwinden.

Die Öffnung des Kruges war auf einen Garten gerichtet. Die große Vielfalt an Blumen, Vögeln und Reptilien, die uns da entgegenkamen, ließ uns Harrouda vergessen.

Unsere Flucht dauerte nicht lange. Unsere Eltern hatten alle Bewohner des Viertels alarmiert, und sie beteiligten sich an der Suche nach uns. Ein Mann (berrah), ein wandelnder Lautsprecher, war von den Familien dazu bestellt worden. Er zog kreuz und quer durch die Stadt und ließ den Aufruf an die Bevölkerung ergehen. Da entschieden wir uns lieber dafür, von selbst heimzukehren, erstens, weil man uns gewiß nicht gefunden hätte, und zweitens, weil wir so auf Milde bei der zu erwartenden Züchtigung hofften.

Tatsächlich blieb die Züchtigung aus! Man beschloß stattdessen, sich ernstlich um unsere Erziehung zu kümmern: man schickte uns in die Koranschule zu dem Alten.

Unsere Träume waren nun von ganz anderen Ausmaßen. Harroudas Verschwinden fiel mit dem Erwerb einer neuen Sprache zusammen. Die Wörter wurden auf den zweiten Platz verwiesen. Der Körper wurde unser erstes verständiges Wort. Eine Rede auf solche Art brachte den Alten in Verwirrung und erschütterte den Bezirk der kleinen Moschee.

Er forderte uns auf, uns an seinen Bart zu hängen, während seine von der Lüge tätowierte Zunge unentwegt über die Lippen eilte. Er sagte zu uns:

Kommt, meine Kinder, ich bin euer Vater, euer Vormund, euer Beschützer; ich bin euer Lehrer und etwas mehr. Ich bin die rechte Parallele eures Begehrens. Kommt unter meine Dschellaba: ihr werdet dort den Garten der tausendundein Wollüste entdecken. Ihr werdet dort Wunder entdecken und etwas mehr. Ihr braucht nur an meinem Bart zu zupfen. Es sind reine Wollfasern. Zupft, und ihr werdet meinen Leib sich öffnen und darin eure unvernünftigen Einfälle, dem Weihrauch Mekkas beigemischt, verschwinden sehen, geschluckt. Erbarmen wird euch zuteil werden. Die Wonnen, die euren Adern entströmen, werden nur des Augenscheins Gleichnis sein. Sie, die wahr und lieblich sind, werden den Tag auf meiner vorgestreckten Hand überlagern. Kommt, meine Kleinen, meine Dschellaba wird eure Bleibe sein. Ihr braucht euch nicht länger im Krug zu verstecken. Meine Dschellaba hat Platz für alle. Merkt, sie ist aus Arabiens Wolle, gewebt mit der Unschuld der Jungfrauen aus der verschonten Oase. Merkt, sie wurde in Hagar im plätschernden Wasser gewaschen. Sie schützt mich vor jeglicher Spötterei. Sie wird euch vor den Verwünschungen des Satans schützen. In ihrem Licht wird euch schwindeln. Schließt die Augen und kauert euch in mein Fleisch am Ende eines jeden Gebetes. Sie wird nicht länger von eurem Verlangen umringt sein. Sie wird nicht länger die Klage über meine Einsamkeit gen Himmel tragen. Kommt und verschließt eure Körper vor dem Übel, das den Atem der Stadt färbt ...

Innerlich verwundet, schleuderten wir das Wort dem ins Gesicht zurück, der Buch und Hadith in Besitz hatte, der die fünf Gebete anführte und der uns in der Ohnmacht der Zeit und während der Zersetzung der mit lauter Stimme zurückgehaltenen Verkündigung behütete. Litaneien, die von allein abliefen, sobald der Mechanismus in Gang gebracht war. Eine Silbe oder ein Bild genügte, um eine Rede niederprasseln zu lassen. Wir waren in die Technik eingeweiht, wir kannten den Auslöser. Unsere Eltern konnten nicht ahnen, wenn sie uns jeden Morgen in einer Ecke der Moschee absetzten, daß sie uns den gemeinsamen Wahn erlernen ließen, das Wirkliche mit unseren erregten kleinen Penissen zu zerspalten, die geheiligte Lüge zu entdecken und den Haß kennenzulernen durch eine von Stacheldraht überladene Geschichte zum Zwecke des in sechzig Kapiteln einer untadeligen Logik abgehandelten Wesensunterschiedes.

Wir fanden das spaßig. Wir entdeckten die Parodie, und wir verlangten die Mittäterschaft des Himmels. Wir entdeckten die Ketzerei in einer süßen und bitteren Sorglosigkeit. Wir wagten nicht, auf der Straße zu lästern, aber unter dem zweideutigen Blick des Alten drangen wir in die Freude und in das Lachen ein, bei aller Abgenutztheit eines jahrtausendalten Gedächtnisses. Eines Gedächtnisses, das sich Vers um Vers in der Furcht vor der Verweigerung erging. Dieser verdorbene Greis, der in ihm seinen Lebensunterhalt sowie die Berechtigung für seine schändliche Verrücktheit fand, erwies ihm aber einen schlechten Dienst. Das Patriarchenglied stand steif, sobald Verrat an einem Scheinbild geübt wurde. Er glaubte an unsere Unschuld. Der arme Mann! Die Unschuld lassen wir hinter uns. Im Mutterleib. Jedenfalls bleibt sie an der Nabelschnur hängen bis zu dem Tag, an dem sie als eingetrocknete Fetzen abfällt. - Die Unschuld überlassen wir den anderen, denen, die in den Büchern davon sprechen. Wir haben niemals an sie geglaubt. - Ein seltenes Ding, in Seide verpackt. - Zauberring, in das Grau der Erinnerung geworfen. Doch bald reibt man sich an dem erschreckend Wirklichen. Auf einer Granitmauer öffnet man Türen und Fenster. Man ißt Kalkstein und schweigt am Abend. Die Mauern sind Zeugen. Sie werden reden. Man malt keine Blumen und keine Vögel. (Übrigens wissen wir gar nicht, wie sie heißen würden.) Mit einem Stück Kreide vollbringt man Wunder an der Wand. Man zeichnet Frauen mit den Strichen unserer ersten Wahrnehmungen. Riesige Geschlechtsteile von einer Größe, wie wir sie uns erträumen. Koitusbilder jenseits des Deliriums und der Tollheit. Sperma und Blut auf einer Dolchspitze, die einen Körper durchbohrt. Aufgeschlitzte Frauen. Frauen, die an leeren Stränden aufzufinden sind.

Wie oft hatten wir Hund und Hündin bei ihrem heimlichen Getummel überrascht und hatten als ruchlose Späher unsere Augen an der Schwelle der Schande aufgestellt. Wir wollten das Drama und die Szene. Wir gaben uns schon nicht mehr damit zufrieden, einen Namen für das Geschlecht zu haben, wir ritzten es auf der Straße ein und spürten es bei den Spielen auf den Flachdächern auf, und das waren schon keine Spiele. Wir weihten die Cousinen ein. Wir machten ein Geschenk daraus. Wir rieben es an jungen Brüsten. Wir legten es zwischen schläfrige Lenden.

Der Schimpf war einfach, die Ehre war kein Wort.

Der Alte tat uns leid. Aber keiner wollte das zugeben. Wir beharrten entschlossen auf unserer Verschworenheit und wollten die Herausforderung auf die Spitze treiben. Unser Vorstellungsvermögen (Herrin unserer Macht) zwinkerte uns im Hinblick auf den Silberglanz eines künftigen Gedächtnisses zu. Wir sahen, wie der Alte, ahnungslos gegenüber unserer Ablehnung und unserer Boshaftigkeit, in seinem Nichtwissen ruhte. Wir ließen ihn von dem Propheten und seinen Gefährten erzählen. Nichts zog an unserem Auge vorüber! Nicht einmal ein unbewußter Schauder ergriff uns! Die ewige Wiederkehr der Verkündigung und der Armseligkeit. Eine zurechtgeschusterte Rede, die in der Tiefe eines Brunnenschachtes abschnurrt. Er unterbrach das Schnurren und Surren, um sich eine Prise Schnupftabak in die Nase zu stopfen. Manchmal verlor sich dabei sein Finger im Nasenloch. Niesend erhielt er ihn wieder zurück. Wir gestatteten ihm Augenblicke des Verschnaufens und des gestohlenen Schlafs. Wenn wir uns still verhielten, so geschah das aus Taktik. Die Idee, ihn zu ermorden, wurde unser Hauptgedanke. Zu unserer Boshaftigkeit kam das Erlernen der Gewalttätigkeit hinzu. Uns von dem Alten befreien! Ihn in den Himmel schicken, mit unserem Segen. Wir hielten mehrmals Kriegsrat in unserem Viertel ab, unterm Schutz und Schirm der Sterne. Wir prüften die Vorschläge der Kameraden, einen nach dem anderen:

»Ihn in den Brunnen stürzen, wenn er die rituelle Waschung vollzieht?«

(Nein, da passiert ihm nicht viel! Er bricht sich höchstens was.)

Vorschlag abgelehnt. Einstimmigkeit bis auf eine Enthaltung.

»Ihn in die Toiletten einsperren mit einer Schlange, die ihm den After aufreißt?«

(Verlockender Einfall; aber wie an eine Schlagen herankommen? Und wenn wir eine Schlange hätten, müßte sie abgerichtet werden ...)

»Ihm ein Brot mit DDT essen lassen?«

(Das würde er merken, zumal das Zeug einen ganz starken Geruch ausströmt.)

Vorschlag abgelehnt.

»Ihm die Nase abschneiden ...«

Donnerstag war der Tag unserer Wahl. Donnerstag, weil das der letzte Tag der Woche ist. Der Tag, an dem wir unsere Erregung erproben konnten. Am Vorabend des Freitags, Tag der Gläubigen, Tag der Frommen, Tag des Gebetes. Donnerstag war auch der Tag des Schreibens an der Tafel. Freiwilliges Üben im Schreiben an der schimmernden Tafel, womit die Zeit des Erlernens und des Erbarmens gekrönt werden sollte.

Einmal lästern. Zweimal lästern. Zunächst mußten unsere Traumvorstellungen schriftlich losgelassen werden. Das Wort genügte nicht mehr. Wir glaubten noch nicht an seine Wirkung. Die Tafeln bekamen Risse unter den

Linien von Obszönitäten. Wir konnten unsere irre Lust nicht mehr bremsen. Sie wuchs über uns hinaus und artikulierte sich als chaotisches Gleichnis. Unser wahnsinniges Gelächter verriet uns. Die pornographischen Zeichnungen belebten sich unter unseren Augen, während wir taten, als rezitierten wir die Verse für den Tag:

Wenn er, der Erbauer des Himmels, den Wesen ihr Dasein geben will, sprich er: »Seid!« Und sie sind. Sein Wort ist die Wahrheit. Als König des Tages, an dem die Posaune ertönt, kennt er die unsichtbaren und die sichtbaren Dinge, er besitzt die Weisheit und das Wissen.

Honigflüsse überschwemmten Riesenbrüste; die ewige Wohnstatt wurde schindelartig mit entblößten Phallen bedeckt, während wir dem vorhergesehenen Augenblick entgegenjubelten. Der Alte forderte uns zum Vieruhrgebet auf. Schweigend folgten wir ihm. Das Gebet war kurz, aber bestimmte Gesten verrieten unsere Ungeduld. Die Andacht endete mit einer Ermahnung zur inneren Sammlung. Der Alte hob die gefalteten Hände und wandte sich an den Herrn, um seinen Segen und sein Erbarmen zu erflehen. Dann vereinigte er uns in der Predigt der Woche:

Kommt, meine Kinder, ich bin euer Vater, euer Vormund, euer Beschützer, ich bin euer Lehrer und etwas mehr ... Ich bin die rechte Parallele zu eurem Begehren ...

Wir hoben die rissigen Tafeln hoch und warfen sie ihm ins Gesicht. Das hatte schon genügt. Gespielt und wirkungsvoll. Jetzt hatten wir bereits Blut an den Händen. Der Alte lag in einer Lache von Lügen, die sich den Abfällen eines nicht zu verteidigenden Lebens untermischt hatten. Er stammelte irgendwelche Gebete und sah uns mit traurigen Augen an. Sein aufgeplatzter Kopf gab alle Sudeleien frei, die sich unter einer gewissen Tugend verbergen konnten. Sudeleien jeder Art. Ferne Stimmen schwarzgekleideter Frauen bezeugten es. Wir waren nicht die einzigen. Der Alte stand auf und ging nach hinten in den Hof. Er stieg in den Brunnen und verschwand.

Die Rückkehr in unser Zuhause brachte Unbequemlichkeiten mit sich. Wir wollten nicht mehr auf der Straße spielen. Ermattung stand uns auf der Stirn geschrieben. Wir fühlten uns verantwortlich und glücklich. Aber wir waren erschöpft, und das Fieber stieg. Unser Schlaf war nun unruhig. Das Bild des Alten drängte sich unserer Rede auf. Er war in Trauer, ganz in Weiß, und drohte uns mit dem Schwert in der Hand. Sein Sarg hatte Räder und rollte von einem Haus zum anderen und machte die »Runde der Kleinen«, die es zu ihrer ersten Leiche gebracht hatten. Er hielt in einer Hand sein Glied, in der anderen das Schwert und erklärte in einem fort: »Ich bin euer Vater, euer Beschützer ... die reeechte ... Papaparallele eures Begegegeh ...«

Der Tod des Alten wurde am Ende des Freitagsgebetes den Versammelten bekanntgegeben:

... ein tugendhafter Mann wurde unter mysteriösen Umständen vom Herrn zu sich gerufen. Er war ein Mann in der nächsten Nähe der Wahrheit. Er hat den Weg des Brunnens genommen. Das ist ein düsterer Weg. Der Weg der Finsternisse. Wir beten heute dafür, daß ihm Harrouda-die-Hexe, des Satans Beischläferin, keine Falle stellt. Unsere Häuser durchgeistert sie immer noch. Durch die Verwünschungen der Harrouda ist dieser alte Mann umgekommen. Ihn hat der Böse, der uns bedroht, hinwegge-

schleppt. Einen ehrenhaften und guten Menschen. Einen Mann, der so sehr die Kinder liebte! Mit uns ist der Glaube und die Tugend; das ist die Kraft, die schließlich die Hexe entlarven und ihr die verdiente Züchtigung auferlegen wird. Wir wissen, daß sie sich von dem ersten Blut junger Mädchen nährt. Laßt uns beten! Laßt uns beten!

Und wir bekamen einen neuen Lehrer und Beschützer.

Sie war jung und schön. Sie kam von weit her. Eine Fremde, eine Ungläubige. Eine Nazarenerin kam, und sie hatte uns, den Fiebernden, eine Tasse Vernunft zu reichen, das war ein Tupfer auf unseren Rausch. Bei unserem täglichen Sinnen und Trachten nahm die junge Frau nun die Stelle des Alten ein. Wir gelangten zu anderem Schmuck und Glanz, zu einer neuen Weihe. Wir gingen nicht mehr in die Moschee, sondern in die Schule.

Die Dame trug einen Rock. Wir waren überzeugt, daß sie nichts darunter hatte. Schon nach wenigen Monaten begann sie zu altern, denn sie sagte eines Tages mit ihrer süßen, singenden Stimme:

»Kommt, meine Kinder … Ich bin die rechte Parallele zu euren Sehnsüchten …«

Aus dem Brunnen erreichten uns Zeichen eines parallelen Lebens: unsere Träume waren nur Seifenblasen, die gegen gleichgültige Körper stießen, leere Körper, die den

Sinn unseres Schreibens zunichte machten. Wir waren ohne Dauer. Unsere Sprache war ein Flug durch den Doppelsinn der Vorväterrede. Wir bahnten uns den Weg auf Umwegen.

Ich lasse den Sinn auf sich beruhen und schlage die Seite meiner ersten Illusion auf. Paralleler Text / mobiler Text / Flug:

Paralleles Leben.
Lähmung des Gedächtnisses.

Ich wollte nicht die heimische Umwandung aufbrechen und ohne Maske auf die Straße hinaustreten. Ich stellte mich jünger. Ich richtete mich in ihrem Bezirk ein und vergrub mich mit Freuden. Wer konnte die Tönung meiner heimtückischen Wünsche erahnen?

Mit dem Kopf verkehrt herum folgte ich meiner Mutter ins maurische Bad. (Ein beheizter Raum, unterteilt nach dem körperlichen Widerstandsvermögen des einzelnen, dem Licht – dem prüfenden Blick – verwehrt, eingenommen von unsichtbaren Wesen, den unbestrittenen Besitzerinnen der Örtlichkeit; der Flug, von dem ich berichte, ereignete sich dank ihrer Mitwisserschaft.) Die Geschöpfe, die in diesen Raum kamen, um sich zu reinigen, willigten ein, es mußte aber in der Dunkelheit sein. Es mußte das Nebeneinander der Vertraulichkeiten gewahrt bleiben, ohne daß es zu gemeinschaftlichem Bespähen noch zur Erregung eines ungesunden Taumels kommen könnte. Ich lief zwischen Abteil und Saal hin und her, mit einer Laterne zwischen den Augen. Ich verlor mich oft zwischen den Beinen der Frauen, bald aber war ich bei einer Tollen in die Klemme geraten. Sie alle stellten ihre Häßlichkeiten mit einer bestürzenden Achtlosigkeit zur Schau: ihre Finger hinterließen undeutliche Zeichen an der schwarzen Wand. Gleich dem Wind, der über Sand streicht, verwischte die Wärme solche Sprachfetzen. Ihre Nacktheit war von einem leichten Seifenschaum überdeckt, ihre Haare klebten in langen Strähnen an den schlaffen Brüsten. Man konnte ersticken oder nach und nach zum Ufer jener Stille gelangen, die auf den Erstikkungstod folgt. Das war schon möglich. Meine Reise zwischen den Körpern auf der Suche nach dem Himmelblau langweilte mich und erregte meinen Abscheu. Die Bäuche wabbelten und bewegten sich im Kreise wie in einer Manege. Schwindelerregend. Das spielte sich alles auf dem Bildschirm meines parallelen Lebens ab: phallische Gegenwart der Wüste, der Orangen, in Fallen gefangen, der Sätze, von angeklatschtem Haar, der Tropfen aus salzigem Dampf, und ein riesiger Eisenbahnwagen, um meine Einsamkeit zu anderen Horizonten zu tragen. Mein Körper war zu eng, als daß er die Gesamtheit der Zeichen, die diese Örtlichkeit bedrängten, hätte fassen können. Ich beschloß, mich zurückzuziehen und meine Reise anders zu organisieren. Ich wollte die unsichtbaren Wesen (Lehrmeister) ersetzen und direkt auf den Ablauf der Dinge dieses umgrenzten Raumes einwirken: aus dem Bad wollte ich meinen Raum und den Ort meiner Reise machen. Ich bereitete sorgfältig die Weihrauchmischung vor; ich fügte ein paar Gewürze hinzu, getrocknete Apfelsinenschalen, ein Bröckchen Zimt, ebenso undeutliche Schriftzeichen. Der Gedanke, daß ich am Eingang zum Bad zurückgewiesen würde, ängstigte mich. Ich spürte tatsächlich, die Zeit könnte unabwendbar meinem Vorhaben entfliehen. Sie könnte sich im Nu auf und davon machen, mir untreu werden, mich zwingen, den Bezirk zu verlassen und dabei das Geschriebene eines arglistigen Schicksals zu enthüllen. Die Weihrauchwolke wurde zu einem Schleier / reiseerzeugend.

Die letzte Sequenz:

Man mußte in dem Schweigen aufgehen, unbemerkt durch den Spalt in den Verdächtigungen hindurchschlüpfen. Ich brauchte keinen Schleier, um durch die Eingangstür zu kommen. Der Schlummer hatte die Wärterin schon an die Schwelle des Traums getragen, den Kopf hatte sie zwischen den Brüsten vergraben. Ich spürte in mir bereits die Kraft anwachsen, um die Sequenz auszulösen. Ich hatte keinen Zauberstab, aber es genügte, daß ich in das Weihrauchgefäß blies. Plötzlich ließ ich es taghell werden und erkannte die brutale Linie meiner Gehässigkeit. Die Frauen, schwarz und faltig, meine Frauen, nahmen mit dem Herannahen meines Verlangens Farbe an, mit ihren Händen teilten sie das laue Gekräusel meiner Besessenheit. Sie zerrten mich in meine Flucht hinein, benetzten mich mit dem süßen Wasser ihrer Verzückung, boten mir Schlüssel an, Zeichen eines neuen Irreseins. Herrschaftsloser Ort. Ich buchstabierte da über andere Texte, andere Meere. Der Vogel, ins Buch eingekerbt, antwortete auf den Anruf. Er durchschnitt die Lüfte in der Klarheit gebündelter Blicke. Meine Fähigkeiten vervielfältigten die Zeichen und richteten einen silbernen Garten her. Die Häßlichkeit wurde von der Dürftigkeit der Verkündigung mitgerissen. Ich bestimmte das Alter und brachte Verwirrung in die Zeit.

Das war zu der Zeit, da die Stadt zu einem Pappmodell wurde: Ich klebte die Häuser zusammen und verschönerte die Gärten, ich jagte die Wagen dahin, ich zerbrach die Rollstühle, ich befreite die Vögel und färbte den Himmel. Ich war Herr der Stadt geworden. Ich zog an den Fäden. Die Sterne mußten einen Abglanz auf meiner Erde lassen; sie verlöschten an der vom Taumel ergriffenen Menge und erstanden wieder im Leib der Verdammten. Sie, die Sterne, atmeten in Käfigen aus Kristall oder Glas. Sie waren verschleiert. Sie führten die Intrige mit sich auf ihrer Bahn, sie halfen mir, die Spiegel zu verzerren und das zu zerschlagen, was noch an Häusern und an Grotten übrig war. Das maurische Bad war unter meinen Fingern ein Modell geworden. Ich setzte die Frauen an den Rand der Farbe Weiß, an den Rand der Farbe Grün. Sie wurden auf Anruf des fernen Wellenschaums Geliebte und Reisende. Der Traum drückte auf die Lider. Und ich hörte die Nachkommenschaft des Teufels seufzen, die es an das Eisufer verschlagen hatte. Da wußte ich, es würde nie wieder eine Wunde geben. Eine Welle, ja. Flamme oder Woge, sie müßte den Anteil der Liebe weitertragen. Da erlebte ich das Erwachen: der Traum nur unsere Erde die Hoffnung nur und schließlich nur die Klarheit nur der weiße Vogel und schließlich der Himmel nur die endlose Hand des Kindes nur Auge und Lachen diademgleich vorn an ausgesöhnten Wolken ... Da wußte ich, es würde nie wieder Nacht geben für unsere Sonne, und die Sterne würden in einer jeden ausgestreckten Hand funkeln, sie würden den Tag wiedererstehen lassen, auf ewig, in unserem Herzen, im Bangen um ein Gedächtnis, welches bebt, und um eine Stille, welche in die Weite geht. Da wußte ich, ich würde nie wieder so viele Geschöpfe an meinen Fingern halten. Ich ging von Körper zu Körper, von einem zum anderen. Ich trank Milch von ihren Lippen. Ich trug meine Nacktheit in die Geschlechtsteile hinein, die meinen Fieberwahn flüsterten, und ich lernte das rosa Fleisch kennen meinen Spiegel, in dem nur das Auge zu sehen ist. Ich las in den Stirnfalten. Die geöffneten Hände. Die Arme. Die Nabel. Ich überließ mich dem Wind. Als ich an den Lenden angekommen war, da wußte ich, es würde das Ende der Reise sein. Mir schwindelte. Ich war nicht mehr der Drehpunkt der Manege. Ich wurde ein Stück des Zuges und kreiste mit allen Frauen. Haarbüschel gerieten mir in den offenen Mund. Mir blieben, weil die Zunge gefesselt war, nur die Augen, die sich auf etwas hefteten, in der Ferne, am Horizont. Ein kalter Wind fegte durch die Körper und riß den Schimmer mit sich, der sich von meiner Stirn löste. Der Weihrauch hatte seine Wirkung verloren. Der Garten verblich und nahm wieder die düsteren Farbtöne des Bades an. So erhielt ich die Dunkelheiten zurück. Der feuchte Geruch nach Sperma, der am Ansatz der Schenkel klebte, die schwarze Seife aus der Berberei, das alles führte die schwüle Hitze mit sich, die die Glut des Ofens in unmittelbarer Nähe ausstrahlte.

Als ich aus der maurischen Badehalle kam, trug ich ein Jahrhundert Ermattung mit mir und das Mal der ersten Entzauberung. Ich war nun in eine Metzgerlogik zurückgefallen. Ich kam nach Hause mit einem Gedächtnis, in dem es mich nicht mehr gab. Es quoll nach allen Seiten über. Ich konnte kaum ein Bein vor das andere setzen. Ich hatte ein wenig Unordnung in die Körper gebracht. Ich hatte ein wenig Räumlichkeit in die Hirnkästchen hineingelegt. Ich war müde.

Die Frauen kamen aus dem Bad mit dem seltsamen Gefühl einer neuen Schuld: Sie hätten nicht einmal sagen können, wo sie sich befand, geschweige denn sie zu rechtfertigen. Sie spürten, daß sie alle von demselben winzigen, schwachen Körper durchdrungen waren, der den gemeinschaftlichen Orgasmus herbeigeführt hatte. Sie kehrten zu ihren Männern zurück mit dem nicht faßbaren Gefühl der Wut und des Träumens. Sie, die besessen Gewesenen, glaubten, ein Dämon hause in ihnen. Manche verweigerten sich daraufhin ihren Männern. Andere versuchten die ganze Tollheit ihres Verlangens mit anderen Frauen wieder aufleben zu lassen.

Die Nacht gab mir Anlaß zu jämmerlichster Schlaflosigkeit. Ich ging hinaus auf die Straße und wollte das Meer und den Tag suchen. Ich hielt Zwiesprache mit den Schatten und schloß einen Pakt mit einer Reihe neuer Illusionen.

Die Unordnung und das Träumen hatten ungeahnte Ausmaße angenommen. Die Stadt hatte noch nicht das Verschwinden des Alten vergessen. Harrouda wurde erneut beschuldigt. Die Notabeln wollten nicht wahrhaben, daß sich der Aufruhr aus den Entschlüssen ihrer eigenen Nachkommen ergeben hatte. Sie vergaßen auch, daß sie schon keine Notabeln mehr waren: einige waren schon ausgebootet …

Ein paar Tage danach bedeutete mir meine Mutter, daß ich sie nicht länger ins Bad begleiten dürfte. Mein Vater würde mich mit sich nehmen. Ich war Mann geworden.

Nicht ganz. Mir fehlt ein Text.

Bei der Taufe schlachtet man einen Hammel: das Blut muß gen Sonnenaufgang fließen. Man gibt den Namen bei dem Blut. An des Lebens Schwelle: die Asche / das Opfer.

Bei der Beschneidung gibt man den Namen nicht; man gibt das Mannesalter; ein Geleitbrief für die kommende Männlichkeit. Ein Zeichen findet seinen Platz im Innern einer andern Gewaltsamkeit: Lektüre der Dinge.

Es mußte in dem Blut gelesen werden, das mir an meinen zitternden Beinen herablief, und daraus der neue Anruf entnommen werden.

Ich habe geglaubt, ich würde ohne sein, es wäre weg, verloren. Das hatte man mir doch gesagt. Man hatte mir eingeschärft: »Die Kindheit«, so hatte eine Stimme gesagt, »muß eines Tages zu Ende sein. Sie ist nicht ewig. Du hast sie bei deinem Treiben auf der Straße und im maurischen Bad aufgebraucht. Der Augenblick ist gekommen, da du Abschied von ihr nehmen mußt. Du wirst sehen, das geht wie der Blitz. Vor allem, mach uns keine Schande; keine Aufregung! Keine Angst! Keine Tränen. Du trittst in das Mannesalter ein und gelangst auf den geraden Weg des Islam und der Reinheit. Man wird dich tatsächlich von allem Unreinen befreien, das du während deiner Kindheit aufgelesen hast. Das hat sich angesammelt und angehäuft in jenem Stück Fleisch, das abgeschnitten wird. Du wirst nichts spüren. Um dich herum wird Lärm und Festlichkeit sein. Du mußt Blut und Tränen zurückhalten können. Denke in dem entscheidenden Moment an etwas anderes. Stell dir vor, du wärst ein Vogel oder eine Blume. Sei abwesend ... Werde zu einem nicht greifbaren Zeichen.«

Das alles hatte man mir gesagt, und ich hatte mich ein um das andere Mal in die Tiefe meiner ersten Besessenheiten zurückgezogen. Meine Einbildung kannte keine Grenzen. Sie ging über mich hinaus und löste sich von meinem Gesicht in Gestalt kleiner roter Knospen oder als Asche. Manchmal schärfte sie mir den Blick und kitzelte meinen Penis, gerade so, daß ich den Vorgeschmack des Schmerzes hatte. Die Zeit verging mir in Gegenwart eines melancholischen Engels, der jedes abgeschnittene Stück aufhob. Nichts wurde verschont, auch die Spiegel nicht. Schließlich war nur noch meine Einbildung da. Und meine Cousine war da, zart und rein. Sie neckte mich, indem sie an meinen Hoden spielte. »Ich bin ohne geboren«, sagte sie zu mir, »und dir wird das bis in die Wurzel abgeschnitten? Du Ärmster! das darf man doch nicht erlauben, das darfst du dir nicht gefallen lassen. Wenn er sich anschickt, es dir abzuschneiden, dann urinierst du ihm ins Gesicht; oder wenn du willst, dann verkleide ich mich und nehme deinen Platz ein. Ja, das wird eine Enttäuschung geben, wenn er nichts zum Abschneiden findet!« Sie lachte und ging mir mit ihren Geschichten auf die Nerven. Ich sah überall von unsichtbaren Händen geführte Klingen.

Ich ordne diese Augenblicke in das Nebelhafte meiner frühen Jahre ein, und ich behalte im Kopf nur die mächtige Kralle des Gemetzels. Eine Vergewaltigung, mit der ich Gesicht und Himmel fülle; eine brennende, blutende Wunde, die in der Haut Löcher zurückläßt. Und ich gebe den Namen dem Morgenrot eines Tages oder eines Lebens beim Anblick des Messers, ebenso der vom grabesdüsteren, süßen Weihrauch durchzogenen Luft. Weihrauch, aus Mekka mitgebracht. Er hat die Eigenschaft, uns in die Nähe des Propheten Mohammed zu versetzen und unseren Leib mit dem Wohlgeruch des Paradieses zu durchtränken. Das ist ein gutes Omen; er tauge auch zur Vereinigung zweier Leiber und beim Geleit zur letzten Ruhestätte. Es gab nicht einmal einen Rauch- oder Nebelschleier, der meinen Schrei da, wo der vorbedachte Taumel wandelte, geschützt hätte. Ich redete, als sich mein Körper über die Leere des Meeres und der grünen Alge erhoben hatte. So blieb zwischen dem Lärm und der Klinge die Idee vom Meer, wo ich einen neuen Traum in den Armen hielt, damit ich meinen Schmerz los wurde.

Ambraworte und abscheuliche Gesänge, um die verletzte Zelle wieder instand zu setzen: sie möge in der Sonne trocknen, und keiner soll länger davon sprechen, soll er's aushalten, um so mehr wird er Mann! So ist die Männlichkeit: man muß sie erwerben, muß sich ihrer würdig erweisen, um sie bestmöglich in der Gewalt zu haben und zu Markte zu tragen - beginnend mit der Verstümmelung.

Die Ankunft des operierenden Baders wurde durch Fanfarenstöße angekündigt, gerade als man mir erklärte, daß mich das Eisen »davontrüge« (mich dem Schmerz stehlen würde), daß ich vielleicht gar nichts spürte. Ich würde nur Wasserdampf sehen. Das Blut sei das Unterpfand. Ich würde im Zug der Abwesenheit mitgehen, mit Zeichen im nichtssagenden Blick. Die Beine gespreizt, ließ ich es geschehen. Der Bader zog an meinem kalten Penis. Der Nagel seines rechten Daumens bezeichnete die Stelle, und dann kam der Schnitt. Eine Sekunde. Gerade genug, um einem etwas zu entreißen. Ich werde dieses Stück Zeit einrahmen und es mir zueigen machen. Es gehörte nicht in die Zeit der anderen. Ich allein war es, der es kennenlernte und sich dessen erfreute. Ich habe es zunächst geleert. Kein Schnitt mehr. Kein Blut mehr. Kein Fest mehr. Ich besaß eine Sekunde der Welt, und ich konnte sie in die Länge ziehen, ihr Farben geben, sie anhalten, sie mit Gedächtnisfetzen vermengen. Ich begegnete wieder dem reinen Antlitz meiner Cousine in glücklicher Mitwisserschaft. Wir sprachen nicht. Wir tauschten unsere Nacktheit, unser Verschiedensein aus in der Welle, die die Körper durchläuft.

Für die anderen, die dabei waren, die von überall hergekommen waren, um sich wieder einmal als Familie zu versammeln, war das eine einfache Ohnmacht. Normale Sache, ganz wünschenswert. Ich hörte sie sagen: »Er ist bewußtlos; er ist nicht da; er wird sich erholen; das ist der Angstschock; um so besser, so merkt er nichts ...«

Ich habe diese Abwesenheit geliebt. Ich flog über das Haus hinweg in einem dichten Nebel. Der Lärm blieb hinter mir und wurde unverständlich. Meine Wahrnehmung brachte alles, was sich mit mir noch ereignen konnte, durcheinander. Ich gewann aber Zeit zum Denken und konnte mir sagen: Vielleicht ist das der Tod! diese ungewollte Abwesenheit, die uns von den anderen abschneidet. Sie ist süß, sie ist die Ruhe. Sie wird von Sternen und Engeln bevölkert. Die Henker waren anderswo. Ich wußte nun alles über den Tod, mehr als irgendein Erwachsener. Dennoch fürchtete ich seine Bevollmächtigten: die Leichenwäscher, die Ankleider, die Totengräber, die Gebetsprecher, die Klageweiber ... Wie eine Tafel. Der Leib wird wie eine Tafel, sagte man mir. Kalt wie Marmor. Auf meiner Reise war ich bald Tafel, bald Marmor. Ich flog über die Häuser der Stadt. Also, der

Tod ist nicht die Finsternis; er ist nicht das Feuer; er ist nicht die schwerste Züchtigung. Er ist eine Art Mildherzigkeit; er ist fast ein Gedicht. Mit meiner Cousine war das noch schöner. Ein Klaps auf die Wange machte der Sekunde, die der Welt gestohlen worden war, ein Ende. Ich kam von meiner Reise zurück.

Man hob die Vorhaut auf und legte sie beiseite.

Am Abend wurde mir bewußt, daß mein Körper nun jenes Teils, das aus mir ein stolzes männliches Wesen machte, verlustig war. Ich mußte mich der neuen Daseinsform anpassen, der eines verminderten, verstümmelten, beschnittenen Körpers. Das Teil ist abgetrennt. Die Leute kamen scharenweise, um mir ihren Beistand in meiner Einsamkeit anzutragen. Sie überhäuften mich mit Näschereien: Bonbons, Schokolade, Geldstücken, geliehenen Träumen, kurzum, mit dem ausgleichenden Wortschatz, der sich in der Unbestimmtheit des Augenblicks sofort auflöste.

Man sagte zu mir, um mich zu trösten, daß sich der Bader größte Mühe gegeben habe und daß alles gut verlaufen sei. Er hatte exakt die unstillbare Blutung vermieden. Aber ich dachte schon nicht mehr an das an meinem Fleisch geronnene Blut; ich dachte nicht länger an den Eingriff inmitten des Lärms und der Fanfarenklänge. Ich streckte verzweifelt die Hand aus, um abzumessen, was von meinem Penis geblieben war. Meine Hand fühlte nur ein schmerzhaftes Loch - ich war schon ohne.

Ich beschloß, das wieder zurückzuholen, was das Blut entzogen hatte.

Nachts ging ich durch einen Spalt in der Wand hinaus. In ein weißes, doch blutbeflecktes Laken gehüllt, lief ich durch die leeren Straßen. Als der Morgen dämmerte, konnte ich den Bader wecken. Er schien verstört und verlegen zu sein. Der Schlaf hatte sein Gesicht gelb gefärbt. Ich sagte ihm, daß ich nichts weiter als meinen Penis zurückerhalten möchte, ganz ohne Aufsehen. Er ließ mich in sein wackliges Haus eintreten, über dessen Tür ein weißes Auge, ein riesengroßes weißes Auge hing. Das war das weiße Auge des Todes. Des parfümierten Todes. Es schlug wie ein Pendel, schlug manchmal gegen Bildnisse von Politikern und von ägyptischen Sängern. Möbel waren kaum vorhanden. Nur im Hintergrund stand ein großes Bett, das der Bader mit seinem Lehrling teilte. Er zeigte mir seine Vorhautsammlung, eine Sammlung, die er in etwa dreißig Jahren zusammengebracht hatte. Er bewahrte sie in einem Glasbehälter auf, und jedes einzelne war mit einem Etikett und einer Erklärung versehen. Er mußte einen sorgfältig geordneten Zettelkasten haben. Ich konnte meinen Abscheu und meine Angst nicht verbergen, als sich die kalte Hand des weißen Auges auf meine Schulter legte. Er schickte das weiße Auge in die andere Zimmerhälfte und begann zu beten. Er bat mich, fortzugehen und ihn in seiner Einsamkeit zurückzulassen. Ich drohte, ich würde schreien und die Nachbarn aufwecken. Da endlich bequemte er sich zu einem Geständnis. Er erklärte mir, er habe mit dem Sammeln von Vorhäuten aufgehört und sich seit einem Jahr darauf verlegt, von manchen der beschnittenen Knaben die Penisse bei sich aufzubewahren.

Mein ganzes Leben ist an dieser Galerie kleiner Dinger abzulesen; ich habe sie auf eine Korantafel geklebt, und eine Glasplatte schützt sie vor Hitze, Staub und Kälte. Ihnen gilt meine ganze Anbetung. Sie sind alles, was ich besitze. In Augenblicken meiner Einsamkeit knie ich nieder und sauge an einem jeden. Mein Speichel hat sich als gün-

stig für ihre Konservierung erweisen. Seit ich meinen bei einer alten Hexe verloren habe, bin ich nicht mehr derselbe. Ich muß ihn irgendwo wiederfinden. Deinen will ich dir zurückgeben, du verdienst es; du bist ein Mann; du bist gekommen, um ihn zurückzufordern.

Er nahm mir den Schwur ab, nichts verlauten zu lassen, und gab mir mein Gut zurück. Beim Hinausgehen zwinkerte ich dem weißen Auge des Todes zu und entfloh beim ersten Schein der Morgenfrühe.

Ein paar Wochen später wurde ich bei meinem ersten Abenteuer vom Strudel einer Frau, die für mich die Beine geöffnet hatte, verschlungen.

Das totale Gedächtnis (hoch in seinen Tiefen) befindet sich außerhalb der Rede. Möglich ist einzig eine verschobene Lektüre. Sie ist seherisch und hat ihren Platz jenseits des Realen. Dennoch ist der parallele Text nicht in der Einbildung vorhanden; in denselben Körper schreibt er sich ein (schreibt er sich). Dieser Körper hat sich vielleicht zerstückelt (vervielfältigt oder geteilt), aber seine Narben (Tätowierungen), seine Ausdehnung und seinen Blick hat er behalten. Er hört auf (sich) zu zitieren, er zeichnet die Spur.

Lektüre der anderen Ausdehnung.

Fès lesen.

Der Längsachse eines Oued folgen, der Achse der unvermuteten Symmetrie, die mit der weißlichen Tinte und dem grauen Bodensatz auf einem Bildschirm aus roter Erde zwei Städte hinschreibt.

Ich habe beschlossen, diese beiden Städte sollen Zwillinge sein, weil sie durch verschiedene Färbung in ein und derselben Identität getrennt existieren, selbst wenn sie sich vermengen und gegenseitig durchdringen an einem kreisrunden Platz, Platz der anfänglichen Begegnung, Raum, der in der innigen Umarmung des Heiligen, des Märtyrersohns, erstarrt ist. - Man sagt, dieser Ort erlaube die Aussöhnung des gepeinigten Menschen mit der Weisheit des heiligen Moulay Idriss. Illusorisches Sagen.

Wie oft sind wir auf die Zwiesprache der beiden Städte gestoßen bei den Gebeten, die unsere Mütter an Moulay Idriss richteten! Diese Gebete wurden abseits der frommen Anrufung gesprochen, abseits der Pflichten gegenüber Gott und seinem Propheten. Sie sprachen vom alltäglichen Leben, sprachen von ihrem Jammer und ihrer Hoffnung. Das war das einzig mögliche (erlaubte, geduldete) Mittel für unsere Mütter in der Ferne ihrer Einsamkeit: zu Moulay Idriss sprechen. Sich anvertrauen. Das Herz ausschütten, das sich in des Heiligen offene Hände ergießt. Er blieb niemals stumm. Er äußerte sich in Bruchstücken ihrer Träume. Aber über diese Texte haben sich die Körper geschlossen.

Heute, da die beiden Städte ihren Unterschied verlieren, heute, da der Oued sich zurückzieht und seine Ufer zwischen Harroudas Lenden verlegt, werden wir, die in bedrohter Kindheit Eingemauerten, Zeugen des Schauspiels vom weißen Tod, der durchtränkt aus dem Brunnen des Moulay Idriss hervortritt.

Der weiße Tod öffnet das Grab:

Unbeschadet erhebt sich der Heilige und strahlt seine Helligkeit und sein Licht aus. Sein Blick hat genügt, um die Ungläubigen mit plötzlicher, ewig währender Blindheit zu schlagen, diejenigen, die an seine Auferstehung nicht geglaubt haben und sich in Spöttereien ergingen. Sie haben mit ihren Augen für das Zweifeln und die Ironie bezahlt. Sie haben sich in den Brunnenhof des Mausoleums zurückgezogen, dort werden sie über ihre Lästerung nachsinnen.

Dann herrschte Stille. Eine Stille, die die Voraussetzungen für die große Gewalttat unter dem welligen Haupthaar des Heiligen heranreifen ließ. Um unsere Bestürzung zu verhehlen, fielen wir auf die Knie, ohne daß wir an die Folgen von Trugbildern zu glauben wagten, die uns kopfstehen ließen.

Ein Kind trat aus der Reihe hervor und legte dem Heiligen den Morgen in die ausgestreckten Arme.

Das hieß Vergebung.

Die Vergebung war auch das Ende der Legende. Moulay Idriss ist niemals gestorben. Er war der Gründer einer Stadt und fast ein direkter Nachfahre des Propheten. Wir ordneten ihn in die Kategorie der unantastbaren Männer ein, die mit einer alle Zufälligkeiten übersteigenden Macht ausgestattet sind. Wir suchten ihn auf. Wir sprachen mit ihm. Wir schlugen ihm Feilschereien vor, um seinen Segen zu erhalten. Wir hielten ihn auf dem laufenden, was den Gang der Ereignisse betraf. Auf diese Weise hatte Moulay Idriss immer unter uns gewohnt. Manchmal sandten wir ihn zum Propheten (mit dem er von manchen oft verwechselt wird), damit der über unsere Handlungen wache. Wir baten ihn um Rat, wenn wir etwas über die Tragfähigkeit unserer Entscheidungen erfahren wollten. Wir wußten, er würde aus der Tiefe seines Grabes nicht antworten können. Und dennoch blieben wir weiterhin im Gespräch mit ihm. Wir warteten, bis die Nacht gekommen war, dann wollten wir seinem Wort lauschen. Der Traum wurde zum Ort seiner Offenbarungen; unsere Beziehung zu ihm war ihm nun unterstellt worden, auf verschwiegene Weise, geschützt vor jeglicher Nötigung. Sie beruhte auf Vertrauen. Seine Rede bestand aus Symbolen. Kaum ein Bezug zu Realem. Am Morgen lasen wir dann Brocken aus diesen Reden vor und versuchten sie in unsere Tätigkeiten einzufügen. So fand unsere Moral eine neue Quelle. So blieb er lebendig, indem er unsere Vorstellungskraft speist und unsere Ängste zerstreut. Es ist nur normal, wenn er sich aus seinem Grab unbeschadet, strahlend und heiter gestimmt erhebt.

Jetzt, da er nicht länger an den Rand des Traums gedrängt ist, müssen wir ihn anhören, ihn, der durch die Jahrhunderte uns fortwährend erhört hat. Er wird unser Handeln bestimmen oder wir müssen ihn verlassen und dann in Blindheit versinken. Sein Leib ist unter der Menge wieder erschienen. Er bezeugt die Vergangenheit, und die Gegenwart gibt er zurück.

Die Lektüre von Fès erfolgt mit lauter Stimme, aus einer letzten Wunde: die des Kindes, das der Harrouda Brot und Zuckerzeug reichte.

Das Meer gab es nicht.

Heute reicht es euch eine Orange in der Wolke dar.

ز

Ich habe eine Orange in die Wolke gelegt und habe Meer und Traum für möglich gehalten. Ich hatte den Eintagstext der Wüste zu lesen. Ich habe gewartet. Der Wind strich über die letzten Silben hinweg.

Ich mußte die Stadt während eines Jahrtausends in mir tragen, mußte träumen und von ihrer Rätselhaftigkeit sprechen, mußte die Wege des Exils durchmessen, um schließlich zu glauben, sie sei nichts weiter als ein Traumbild, das mit dem Reizgestirn zu unterwühlen wäre.

Zunächst habe ich sie geleert. Ohne Übel. Die Menschen hatten sie schon verlassen. Nur einige Greise beharrten darauf, am Ort ihrer Geburt sterben zu wollen. Sie hatten ihre abgestorbenen Finger in den Marmor des Moulay Idriss eingekrallt. Sie wollten bis zum letzten Atemzug das Vermächtnis des Imams aufzehren und sich in der Verzerrung der Verkündigung vom fernen Duft Mekkas nähren. Trat man an ihre Gesichter heran, so glätteten sich ihre Stirnfalten und gaben dem gezügelten Wort freien Lauf:

Wir haben uns dem Haß verschlossen. Wir haben die Gewalt an ihren Urheber zurückgewiesen, mit einem Strauß

Rosen und mit Gebeten. Wir müssen an diesem Tag vor Moulay Idriss Rechenschaft ablegen. Aber deine Söhne hatten die Tugend schon in die Fremde getragen. Die Stadt erzitterte beim Nahen des Krieges. Ihre geborstenen Mauern bezeugen es noch. Wir zogen hinaus in die Felder von Bab Hamra und gruben unsere Toten aus. Sie redeten noch. Heute gibt es keine Toten mehr. Sie sind alle ausgewandert. Wir sind die einzigen, die geblieben sind; wir halten uns dank deiner Liebe. Du hast uns nie verlassen. Selbst in der Stunde der höchsten Not bist du bei uns geblieben. Wir leben von der Asche unseres Gedächtnisses. Geh deinen Weg weiter!

»Aber es hat einen Krieg gegeben!«

»Geh weiter und lies die Spuren der Zertrümmerung!«

Ganz in Weiß erschien Moulay Idriss auf der Schwelle der Stimme. Er trug Trauer. Das weiße Freitagsbanner flatterte in den blinden Wolken. Man hatte am Stadteingang Plastikpalmen aufgestellt. Arkaden aus Pappmaché zu Ehren des Besuches. Es hatte geregnet. Die Triumphbögen hingen durch und entfärbten sich. Das Gelächter riß den Himmel auf und kam, um sich dem Heiligen zu Füßen zu werfen.

»Ruft meine Söhne!«

»Sie sind nicht da. Sie sitzen ihre Strafe in einem Militärgefängnis ab.«

»Ich habe unwürdige Söhne! Solange die Männer und die Frauen in der Stille und Einsamkeit zur Andacht vor meiner sterblichen Hülle herbeikamen, vermochte ich es nicht zu glauben und nicht zu ahnen, daß die Wege des Irrtums durch meinen Samen, verstreut in Nacht und Ermahnung, hindurchführen könnten. Das Gebet war ohne mich nicht möglich. Heute kann ich nichteinmal auf die

Kanzel steigen, die Stufen fehlen. Es fehlt auch das Geländer hinauf. Ich muß mich also niedersetzen und die Beine kreuzen. Kein Licht gibt es mehr. Der Himmel ist entvölkert. Ich habe vernommen, daß die Sterne den Räubern Beistand leisten, am Tag des Gerichts, am Jüngsten Tag! Die Sonne wärmt uns nicht länger. Sie ist ein Verfall! Auch sie hat es getroffen! Und die Gebete? Ich habe mir sagen lassen, daß es täglich nur noch drei gibt! Das kommt von den Reformen! Man hat sich sogar einen Kühlschrank an die Stelle der Kanzel hingestellt; darin ist alles, was der Herr verbietet. Und warum ist das Wasser der Quelle weißlich? Enthält es tatsächlich die Sudeleien unserer überspannten Söhne? Und warum hat man hier diese pornographischen Abbilder von fettleibigen Weibern aufgehängt? Man hat alles verfälscht, bis hin zu meinem Gebetskranz. Ich muß jetzt Patronenhülsen durch die Finger gleiten lassen. Was für eine Schande!

Ich weiß, warum wir den Irrtum mit den Trümmerresten unserer letzten Lasten ausscheiden. Sprecht zu mir nicht mehr vom Wanderweg des Widerscheins unseres zu Markt getragenen Antlitzes, des verkauften, des wieder zurückgewonnenen, des an einen ungläubigen Nomaden weiterverkauften. Alles ist erlaubt. In jenen Tagen wies ich den Gläubigen noch die Richtung gen Sonnenuntergang; ich führte das Gebet an und bestimmte die Geschicke. Ich begrub die Abbassidendynastie auf tausendjähriger Asche. Qualili ist eine zur Stadt gewordene Postkarte. Die Säulen sind versetzt, und das Wasser ist abgeleitet worden.

Ich höre noch, wie sich die Frauen an Moulay Idriss Zarhoun wenden. Die will ein Kind. Jene einen Mann. Jene andere Reichtum. Die will einmal die Ewigkeit sehen. Jene einen Stern in jeder Hand. Sie will Erde und Himmel zugleich. Sie will das Antlitz des Moulay Idriss

Zarhoun, einen Spiegel, ein Versprechen, ein Brot, einen Schluck Wasser aus dem Brunnen Simsim. Sie will … - Und dieser Mann, ein Schwindler, ein Narr oder ein Verzweifelter; er verlangt politisches Asyl, er verlangt Schutz; aber ich habe ihm nichts zu bieten; ich weiß, daß die Ordnungskräfte nicht zögern werden, hier gewaltsam einzudringen. - Und jener andere, der sich hier an meinem Aufenthaltsort auf die Fliesen niederwirft! Er will das Feuer, er will das Gestirn der Freiheit. Ich kann ihm nichts geben. Er wird, von seiner eigenen Hoffnung, seiner eigenen Illusion erdrosselt, sterben.

Ich erhebe mich heute aus einem schuldhaften Schlaf. Ich erkenne niemanden wieder. Ich bin aller Dinge ledig. Unter der Steinplatte ist nichts als Erde, ein paar Ameisen und der Schatten eines Heiligen, der am Kern einer Weinbeere erstickt ist. Ich bin aus dem Grab und aus der Falle entwichen und habe mir eine Sonnenbrille aufgesetzt. Laßt mich lachen und weinen. Gebt mir euer Pferd und euer Vergessen. Ich breche auf, um in den Resten einer Stadt umherzuirren. Ich werde mich von Steinen und Asphalt nähren. Kommt nicht mehr herbei, um Erbarmen zu erflehen. Ich bin kein Heiliger mehr. Ich bin ein Mann unter Männern geworden. Die Zeit gehört mir nicht mehr. Ich kann nicht mehr das Bett meiner Frauen als Gebetsplatz nehmen, als Platz des Sonnenaufgangs und des Sonnenuntergangs. Ich sehe schon den Tag kommen, an dem die Posaune geblasen wird. Das Wort wird auf euer Warten herniederfallen. Es wird mehr als eine Verkündigung sein, es wird den Tieren sagen, die ihr im Leib verbergt, daß ihr eine ungesunde Bleibe seid. Die Tiere werden euch verlassen. Das Wort wird euch den Himmel und die Erde als geschmolzenes Erz hinstellen, an jenem Tag, da ihr kein Gesicht und vor allem kein

Gedächtnis mehr habt. Ihr werdet euren Bruder, euren Freund in die Gluten stoßen und kehrtmachen, um die erschauernde Erde von euch abzuschütteln. Wir alle werden die Toten auflesen, in gelben Taxis davonfahren. Wir werden ihnen Kaffee und Zigaretten anbieten. Sie werden die eine Hand noch im weitgeöffneten Himmel haben und die andere in der Glut mit dem heißen Hauch, an jenem Tag, da die Rückkehr aller feststeht.

Laßt mich jetzt.

Ich empfange nun Sulaymân ben Jarû, den Mörder meines Vaters.«

Die Toten lösten ihre Finger vom Marmor und verschwanden im Weihrauchdunst.

Sulaymân legte dem Heiligen den silbernen Dolch zu Füßen und zog aus der Tasche einen kleinen Revolver hervor. Er warf sich nieder und küßte Moulay Idriss die Hand.

»Seht, Herr, die Dinge stehen jetzt anders, das Material habe ich vervollkommnet. Diese Waffe ist diskret. Sie ist leise. Mein letzter Auftrag war ein Erfolg. Ihr wißt, ich habe Bude und Land gewechselt. Harûn er-Raschîd war beschränkt und handelte nach unüberlegten Entschlüssen. Euer Vater ist ein würdigerer Mann als Harûn er-Raschîd. Ich habe nach dem Mord geweint. Ein Verbrechen, das ich mir niemals verziehen habe. Ich komme, um mich auf den Ruinen der Stadt niederzulassen, und stelle mich den Richtern, um meinen Irrtum wettzumachen. Was heißt schon Asche. Ich verlange nach Stillstand und will den Loskauf. Mein Beruf hat mich unsterblich werden lassen. Aber ich bin ein Ungläubiger, der sich vom Blut seiner Opfer nährt. Mir scheint, als werde ich den Tod nie kennenlernen. Das langweilt mich. Werde wohl immer ein Mörder sein, ein unwürdiger Greis. Ich habe zwei Frauen und zwei Familien, eine wohnt auf dem rechten Ufer im Viertel el-Andalouss und die andere auf dem linken im Viertel el-Kairouanî. Sie haben mich verstoßen. Ich schlafe auf dem Friedhof Bab Guissa. Der Zutritt zu beiden Städten ist mir verwehrt. Ich bin ohne Seele. Ich bin hinabgeschleudert worden. Die Stadt ist leer geworden.«

»Auch ich habe aufgehört, ein Stück Himmel zu sein. Die Sonne erhebt sich nicht mehr auf meinen Befehl. Ich spreche von der hundertjährigen Liebe in den Winkeln einer Vorstadt. Meine sieben Söhne konnten nicht anders als Blut zu vergießen über dieser Erde. Und du, Sulaymân, du wirst im Frühling sterben, von all deinen Opfern erwürgt. Geh und schmachte in der Wüste! Du wirst im Sand den Tod und die Hölle lesen können.«

Wir hatten nicht das Meer.

Wir hatten nur Sand als Medikament in Beutelchen. Die Frauen gebrauchten ihn, um das Schicksal aufzuhalten oder um einem das Unrecht vor Augen zu stellen.

Wir hatten nicht das Meer.

Umso schlimmer! Das brachte uns bunte Träume, Träume, die ein böses Ende nahmen.

An jenem Tage ist das Meer eine Wüste von Gedanken und rinnt mir durch die Finger. Ich erfinde es. Ich erfinde es immer wieder. Ich erschaffe es. Ich vernichte es. Ich beschließe. Ich beschließe, daß die Ausdehnung meines

Durstes das Meer und meine gestammelten Absichten Schiffe und Boote sind. Ich organisiere. Ich löse wieder auf. Schlachten und Reisen. Ich schlage die Seiten eines bösen Buches um. An die Geschichten darin habe ich nie geglaubt. Ich komme zu mir selbst zurück und lese in den Augen des Aufruhrs. Eine Welt, eine Stadt, alles betrügerisch. Das Sterben einer Festung. Mit ihren zitternden Büchern und ihren bebenden Morgen. Mit ihren Krämern und Totengräbern.

Wir hatten nicht das Meer.

Wir hatten sich übereinandertürmende Friedhöfe. Wir hatten Mauern und gestaute Hitze. Das Krötenvolk klebte in Gemeinschaft mit den Echsen. Wir hatten uns für die Milde der Brunnen und für den Rhythmus der Legende entschieden. Von Zeit zu Zeit gab es für uns eine Feuersbrunst, die uns die Langeweile vertrieb. Der Brand gestattete es, daß wir den Toten Zeichen sandten. Auf unserem Reinheitsturm wußten wir nichts von vorbedachter Brandstiftung. Ein Stück Stadt war auf diese Weise dahin. Kissariya verschwand. Radio Kairo sprach am Abend davon. Wir waren gerächt!

Wir hatten nicht das Meer.

Wir hatten Abflußgräben, die die Stadt wie ein Bach durchzogen. Man badete darin. Dann brachte man die Nacht in einem Bad zu, wofür Eintritt bezahlt wurde. Manchmal setzten die Gräben die Häuser unter Wasser. Man schlief auf dem flachen Dach. Darüber hat man nie geklagt. Männer mit Stangen kamen und holten die noch verwendbaren Gegenstände heraus. Manche zogen gut erhaltene Schuhe hervor, egal, ob das Paar zusammenpaßte. Andere erwischten Kadaver, die sie dann an eine Zaubereraktiengesellschaft verkauften. Andere zogen die Reste eines Lebens hervor, das Zurückströmen einer Hoffnung, eine Spule weißen Zwirn, ein Stück Kamm, ein

Gebiß, einen herabgefallenen Stern, eine Handvoll Illusionen, einen Bus, einen Fötus ...

Oued Boukhrareb.

Das war eine Welt. Man hatte sich an seinen Gestank und an seine Überschwemmungen gewöhnt. Viel fehlte nicht, und man hätte dem Stadtrat vorgeschlagen, dieses Wasser in Flaschen abfüllen zu lassen, nicht zum Trinken, sondern um den Ungläubigen die Zukunft vorauszusagen. Ein trübes Wasser, das unser Geheimstes verräterisch kundtat.

Eines Tages sprach ein netter junger Mann, ein Ingenieur, der fein gekleidet, fein frisiert, sehr gut herausgeputzt und großartig ausstaffiert war und den Blick in die Ferne gerichtet hielt, zu uns von dem Projekt, den Oued zuzuschütten. Er hatte im Schädel ein großes Auto, im Bauch eine Bar und im Nacken ein ordentliches Weekend. Er sprach in einem fort, fuchtelte mit den Händen und schrie, um uns zu überzeugen. Er sprach, und Maschinen, Kräne, Bulldozer kamen aus seinem Mund. Mit großer Geschwindigkeit stieß er sie hervor. Die Maschinen standen dann überall in der Stadt. Er stieß auch Zahlen hervor, Millionen, Tonnen, Jahre, Jahreszeiten, Gleichungen. Von seinem wohlgeformten Mund lösten sich Graphiken, Tabellen mit Kurven, Zeichnungen, Modelle. Dann kam der Moment, da eine riesige Ratte aus seinem Leib heraussprang und uns zu verfolgen begann. Der Ingenieur öffnete, ungeachtet des Blutes, das strömte, die Pforte seines Schädels, ergriff das Steuer seines Autos und verschwand in einer Mauerspalte. Die Ratte biß die Alten, die ihr nicht entfliehen konnten. In der Zwischenzeit hatten sich die Maschinen schon in Gang gesetzt; sie rissen Häuser weg, eins nach dem andern. Der Bildschirm wurde weiß. Bilder gab es nicht mehr. Unser Gedächtnis wurde zu Staub, dann und wann stieß es gegen die metallene Gleichgültigkeit. Übrig blieben Brocken einer Stadt und das Gestammel eines Zorns. Uns wurde eine neue Geburt aufgezwungen.

Die Stadt hat ihre Mauern wieder errichtet, für deinen Wahn, und die Frauen haben ihre Falten geglättet, für deinen Durst.

Heute gebären die Ruinen in deinem Gedächtnis die Gärten, die du nicht gekannt hast. Du sagst dir: Am Anfang der Stein und das schmutzige Wasser, das schwarze Wasser ihrer Tugenden und ihrer Geschäfte. Am Anfang hat der Himmel alle Verwandlungen deines kleinen verwüstenden Körpers, deine verwüstende Gegenwart erduldet. Und dann ist dieser kleine Körper leer geworden. Hohl. Er ist ein Bild geworden, das andere Körper, andere Gesichter durchdringt, ohne ein Geräusch zu verursachen. Das Bild hat sich in der lachenden Wunde eines ganzen Volkes festgesetzt. Es sitzt in den leeren Blicken. Es bezwingt das Warten. Es färbt den Schlummer. Ein Volk, das sein Gedächtnis in den Sand zeichnet.

Ich war im Morgendämmer hinausgegangen, um den schnell entschwindenden Traumfetzen zu folgen. Alles verlief in einem einsamen Zueinanderordnen. Ich gehorchte den letzten Zeichen zum Rückzug. Ich brauchte nur eine Gebärde zu machen, um all das an mir vorüberziehen zu sehen, was gewesen war, das, was nur noch als Haufen von Steinen und weicher Erde geblieben war. Das war meine Pilgerreise. Ich wollte zuerst den Weg wiederfinden, der meinen Traumbildern Stoff gab. Aber da war keine Straße mehr. Unbestimmtes Gelände. Ein nicht zu bestimmendes Haus. Ruinen, die noch nach der verwundeten Vertrautheit rochen. Da mußte eine neue

Straße quer durch die Schlafzimmer der einen und durch die Toiletten der anderen gehen. Die Straße hatte eine andere Richtung genommen. Sie hatte einem hundertjährigen Baum ausweichen müssen, dessen Wurzeln die ganze Stadt durchdrungen hatten. Manche Leute erhielten von diesem Baum mehr Segen als von irgendeinem Heiligen. Die Maschine konnte ihn nicht umsetzen. Manche Menschen hielten sich für das Ende einer der Wurzeln, in der Hoffnung, daß die Straße an ihnen vorbeiführen würde. Aber die Straße hat die ganze Medina entwurzelt. Die Gräben waren kanalisiert worden. Ihr Vorhandensein war überhaupt nicht zu vermuten. Das fiel schon unter Zauberei. Unser Schmutz, unser Dreck verschwand unbemerkt. Wir konnten seine Wege nicht mehr nachvollziehen. Die Medina siechte dahin zum Leidwesen der Touristen. Der Stadtrat hat den Beschluß gefaßt, für sie ein Stück Medina in echt exotischer Form wiederherzustellen (das Projekt wird noch geprüft). Das Auto würde dann »ganz nah an das Ferne« herankönnen. Der Bus brach sich Bahn durch unsere Gäßchen, die sich immer dem Fortschritt verschlossen hatten. Die Maulesel hatten nun nichts mehr zu tun. Man schlachtete sie und verkaufte ihr Fell an eine Wohltätigkeitsgesellschaft. Die Opfer des Fortschritts kamen zu dem Entschluß, sich zu vereinen und ihren Sitz im Hauptpferdestall zu nehmen. Eines Nachts kamen Kinder der braunen Erde, um sie zu befreien und ihnen unendliche Räume anzubieten.

Als die Sonne aufging, war ich schon zu unwirksamen Zeichen herabgestuft worden. Ich nahm den Bus und fuhr zum Mausoleum des Moulay Idriss. Der Heilige war nicht da. Es hieß, er habe sich in die Berge der Ostseite zurückgezogen, um den Krieg vorzubereiten.

2
Unterredung mit meiner Mutter

Ich habe das Hin und Her eines Schweigens im Abgrund einer Mutter gelesen, die von schicksalhafter Ergebenheit erfüllt war. Statt daß wir miteinander gesprochen hätten, trug sie uns auf dem Rücken und flüsterte von der Liebe Gottes.

Später nahm sie das Wort.

Ich bin aus den Leiden einer Gebärerin geboren, die die Nabelschnur des Ausharrens in blindem Blut durchtrennt hat.

Meine Mutter, eine Frau.

Meine Mutter, eine Gattin.

Meine Mutter, ein Mädchen, das nicht die Zeit gehabt hat, an ihr Heranreifen zu glauben.

Meine Mutter, ich höre dir zu.

In der Einsamkeit eines kranken Kindes habe ich den verborgenen und schicksalhaften Pilgerweg, den Pilgerweg durch das Universum, gewagt:

Meine Mutter, zweimal an Greise verheiratet, die, nachdem sie auf ihrem kaum mannbaren Körper gelebt hatten, starben; meine Mutter, dann an meinen Vater verheiratet, um ihm zwei Kinder zu geben, die eine andere ihm nicht hat geben können.

Mit dem Fieber seelischer Verwundung, das seinen Weg durch einen die Liebe nie erlebten Körper genommen hat, habe ich den Blick in Windungen getan und bin nicht geflohen. Ich habe den Blick sprechen lassen, der auf ein Haben stieß, das Söhne unmöglicher Zärtlichkeit umstanden.

Mutter, erzähle,

deine Hochzeitsnächte, die Farbe der Bettlaken, das Ge-

räusch der Wände, das Lachen der Spiegel und dein Körper, der sich wie ein Grab auftut, um den ersten Greis zu begraben ...

Mein erster Mann war so etwas wie mein Vater. Er war ein Mann, der geradewegs aus der Koranandacht kam. Ein Scherîf, Abkömmling des Propheten, Freund meines Vaters, deines Großvaters. Er war ein tugendsamer, frommer Mann. Er versäumte kein Gebet. Bei Tagesanbruch sprach er das Morgengebet vor, wandte sich zu Gott mit gefalteten Händen und gab seiner Hoffnung beredten Ausdruck. Er wollte ein Kind. Er spürte den Tod schon nahen. Das schreckte ihn nicht. Was er fürchtete, war, aus der Welt gehen zu müssen, ohne Nachkommenschaft. Davon sprach er viel. Dein Großvater bewunderte ihn wegen seiner Reinheit, seiner Güte, seiner Rechtschaffenheit. Er besaß einen kleinen Handel. Er verkaufte Pantoffeln, die seine Neffen herstellten. Den restlichen Tag verbrachte er in der Moschee. Wenn es schönes Wetter war, ging er mit seinen Freunden in ein Gärtchen, um Karten zu spielen. Er besaß eine Gebetskette, die er aus Mekka mitgebracht hatte. Er war dreimal Hâdsch geworden (immer in Erfüllung der göttlichen Gebote). Er brachte die Tage damit zu, daß er die Kügelchen der Gebetskette durch die Finger gleiten ließ. Wenn es Nacht geworden war, nahm er mich erst, dann kehrte er mir den Rücken zu und begann sich wieder mit den Kügelchen und seinen Gebeten zu beschäftigen. Einmal hatte er die Gebetskette verlegt. Da wurde er wütend. Jeder im Haus machte sich auf die Suche. Da sie nicht gefunden wurde, beschuldigte er die Brunnengeister, sie hätten sie gestohlen und der Sudelei des Teufels überantwortet. Die Sache mit der Gebetskette machte ihn krank. Mein Vater entschloß sich, sich von seiner zu trennen (die auch aus Mekka war), und bot sie ihm an. Ihre Freundschaft hatte etwas Heiliges an sich, das mich zuweilen schaudern ließ. Er redete kaum mit mir. Wir haben fast nie miteinander gesprochen. Gerade ein paar Worte über Häusliches. Vielleicht hatten wir uns nichts zu sagen. Alles war durch eine Handbewegung oder durch einen Blick zu verstehen. Das Wort würde ihn von Gott entfernt haben. Die Tradition verlangte von mir, meine Pflicht in der Stille zu tun. Er hat mich niemals geküßt. Es war da etwas zwischen uns wie Verlegenheit oder Scham. Wozu hätte er auch mit mir reden sollen? Und was hätten wir einander mitgeteilt? In seinen Sphären konnte ich für ihn nicht vorhanden sein. Kam er ins Bett, so spreizte ich die Beine und wartete. Wenn er die Lampe ausgelöscht hatte, griff er nach meinen Beinen, legte sie sich auf die Schultern und drang wortlos in mich ein. Kein Laut. Kein Schrei. Die völlige Dunkelheit schreckte mich. Kein Vergnügen, keine Verzückung. Nur eine Art Angst. Wenn er fertig war, kehrte er mir den Rücken zu und überließ sich dem Schlummer, beruhigt durch die Befriedigung seines Verlangens, seiner Pflicht, die Gebetskette hielt er zwischen den Fingern. Ich lag lang ausgestreckt im langweiligen Bett und zwang mich, die mich beschleichende Unruhe zu verscheuchen. Mich belustigte es, sein Phantasieren zu belauschen, die unterdrückte Rede, die sein Ungenügen verriet. Grobe Worte mischten sich in das eine und andere Gebet. Ich übersetzte die Rede in irre Bilder, die meine Nacht bevölkerten.

Ich wurde während der Periode als unrein angesehen, und er näherte sich mir nicht. Ich wurde Verbotenes. Ich mußte ihm das andeuten, ohne ein Wort fallenzulassen. Wie hätte man das nennen sollen! Wahnsinn! Vom Menstruationsblut mit ihm sprechen war undenkbar. Aber man hatte mir doch immer das Wort des Propheten wiederholt: »In der Religion ist es keine Schande, von gewissen Dingen zu reden.« Meine Lage als Frau war nicht zu beschreiben. Ein Wort wagen hieß, den Teufel und die Verfluchung herbeizurufen. Ein Wort wagen bedeutete schon, vorhanden zu sein, eine Person zu sein!

Ich mußte ihn also nach stillschweigender Übereinkunft wissen lassen, wann ich unrein (sagen wir, untauglich) war; ich band mir ein rotes Tuch um den Kopf. Das Ende der Periode war dann aus dem Gang ins Bad zu erkennen.

Ich denke immer noch daran! Das Wort! Aber was hätten wir schon gesagt? Worüber hätten wir uns unterhalten? Er hatte seinen Handel, seine Freunde, seine religiösen Pflichten ... In dieser Außenwelt nahm ich keinen Platz ein. Wir teilten die Mahlzeiten (aber oft aß er allein), wir teilten das Haus, wo ich in die Lehre der Einsamkeit und des Schweigens gehen mußte. Ich sprach mit meiner Mutter und mit meinen Schwestern, aber ich wagte nicht, alles zu sagen. Ich sah innerlich ergriffen, wie meine Jugend dahinging, in den Runzeln eines Mannes, eines Fremden.

Er machte mir ein Kind.

Ich war schwanger, als er starb. Weißt du, noch heute spüre ich zwischen den Zähnen den Geschmack jenes Todes, den er in den Laken hinterlassen hatte. Ich werde nie die Angst vergessen, die sich meiner bemächtigte an dem Tag, als er starb. Er war früher als gewöhnlich nach Hause gekommen und hatte mich gebeten, die Weihrauchgefäße für ihn vorzubereiten. Er glaubte, seine Schwäche rühre vom bösen Blick her. Als ich mit dem

Weihrauch kam, hatte er schon Fieber. Nach und nach verlor er die Besinnung und starb mitten in der Nacht. Ich war nun allein mit einer Leiche in dem großen Haus und wußte nicht, was zu tun war. Vor allem wußte ich nichts vom Tod. Meine Mutter hatte nur andeutungsweise davon gesprochen. Meinen Großvater hatte ich sterben sehen, aber damals war ich klein. Mein Vater hatte darüber in philosophischem Sinne und mit ziemlichem Abstand gesprochen. »Meine schönste Reise«, hatte er zu mir gesagt, »wenn Gott meine Seele in Empfang nimmt, dann werde ich mich leichter fühlen, auf den Richtspruch eher gefaßt ... Man kann auf diese Begegnung nur hoffen ...« Das hatte mich überhaupt nicht darauf vorbereitet, dem Tod eines Greises allein und inmitten der Nacht gegenüberzustehen. Wie eine Irre ging ich von einem Zimmer ins andre. Ich stieg aufs Dach und wollte die Nachbarn rufen. Es war eine sternklare Nacht. Ich wandte mich an den Himmel. Ich flehte um Hilfe. Am Morgen war ich zu sehr erschöpft und hatte nicht mehr die Kraft, den Pflichten nachzukommen, die mich erwarteten.

In Weiß gekleidet, mußte ich Trauer zum Ausdruck bringen. Ich hatte untröstlich zu erscheinen. Ich sollte weinen und diesen Greis beklagen, der einfach dahingegangen war. Ich sollte mich der Tradition beugen, wie es die Umstände erforderten. Aber es gelang mir nicht, die erwartete Trauergebärde anzunehmen. War es Gleichgültigkeit? Eigentlich nicht. Nur bezog ich das, was geschehen war, nicht auf mich und versuchte, die Rolle, die die Gesellschaft mir auferlegte, zurückzuweisen. Ich war erbost über meine ganze Familie. Meine Mutter flehte mich an, ich solle doch weinen. Die Frauen zogen in starrer Haltung an mir vorüber und bekundeten ihr Mitgefühl. Ich beachtete sie nicht. Ihre Gegenwart und ihre Förmlichkeit regten mich auf. Ihren Gesichtern konnte man eher die Trauer ablesen als meinem. Ich schämte mich. Schämte mich, weil ich nicht bis zum Schluß meine Rolle als Witwe spielen konnte. Schämte mich, schon die Witwe eines Greises zu sein. Ich fühlte, mein Leben war verpfuscht. Man hatte mir immer gesagt, daß eine Geschiedene oder eine Witwe eine Frau ohne Zukunft ist. Man kann ihr höchstens eine »Zukunft zweiter Hand« bieten; sie wird sich damit begnügen müssen, was das Leben ihr zuteilt. Sie hat nicht mehr das Recht, Forderungen zu stellen. Sie ist kein Mädchen mehr, du verstehst? Sie hat einem Mann nichts Neues zu bieten! Also fühlte ich mich schon verachtet ... Deshalb empfand ich Scham und hatte Angst ...

Als der Tote gewaschen, parfümiert und angekleidet war, bat man mich, ihm zum Zeichen des Abschieds einen Kuß auf die Stirn zu drücken. Ihn ein letztes Mal zu küssen! Ihn, der mich nie geküßt hatte! Welch Fügung des Schicksals! Ich zitterte und wollte zurückweichen. Aber meine Mutter zog mich mit sich. Als ich den in weißes Tuch eingehüllten Leichnam erblickte, wäre ich beinahe ohnmächtig geworden. Ich tat, als würde ich mich über ihn beugen, und ging schluchzend hinaus. Er roch nach dem Weihrauch des Todes, so wie ich es mir immer vorgestellt hatte.

Die Fortsetzung der Zeremonie fehlt mir auch heute noch in der Erinnerung.

Am Abend wurde ich von Panik ergriffen. Mir wurde plötzlich bewußt, daß ich einen Teil dieses Toten in mir trug. Das Kind, mit dem ich drei Monate schwanger ging, war der Samen, der einen gefährdeten Körper gerade noch verlassen hatte. Ich konnte den Gedanken, daß der Tote in mir hauste, nicht ertragen. Ich beschloß ihn loszuwerden. Aber wie? Ich war jung und ohne Erfahrung. Ich erinnerte mich, daß eine starke Dosis Sudanpfeffer schlucken eine Abtreibung herbeiführen könnte. Aber war ich dazu fähig?

Meine Mutter, der ich mich anvertraut hatte, brachte mich zur Vernunft und erinnerte an ein Wort Gottes. Ich verscheuchte den Gedanken an eine Abtreibung und ergab mich in mein Schicksal. Ich hätte ja auch nie den nötigen Mut aufgebracht, um dem Gesetz zuwiderzuhandeln. Ich war immer folgsam gewesen. Anhänger der Auflehnung hat es in unserer Familie nie gegeben. Obwohl meine beiden Brüder in die Politik gegangen waren. Einmal kam ein Leader zu uns. Er war aus dem Exil zurückgekehrt. Die Familien feierten seine Heimkehr. Ich glaube sogar, es war Allal. Meine Brüder gehörten der Watani-Partei an. Oft schlossen sie ihre Läden, um gegen die Franzosen zu protestieren. Aber für mich gab es keine Auflehnung. Das Schicksal ist, wie es ist. Wie wäre das zu ändern? Ich mußte alles schweigend hinnehmen, was auf mich zukam. Das Kind bereitete mir keine Beschwerden, und ich gab mir Mühe, den Vater zu vergessen. Doch oft geschah es, daß er mir im Traum erschien. Er rief mich zur Ordnung. In den ersten Träumen krallte ich mich an seinen weißen Bart und zerkratzte ihm das Gesicht. Er wurde steif und empfand nichts. In den späteren Träumen grub ich ihn aus und stellte ihn auf den Stein der Anschuldigung. Sein Leichentuch war immer so weiß wie am ersten Tag. Die Ameisen hatten es nicht zu zerfressen gewagt. Sein Körper war unversehrt geblieben. Er war zweifellos ein Heiliger! Als ich ihn schließlich mit meinem Säbel durchbohrte, fiel er in sein

Grab zurück und fand zur himmlischen Ruhe. Ich wurde alt auf dem Friedhof. Meine Brüste erschlafften, meine Haare lösten sich ab und verstreuten sich über das Grab. Das mußte der Fluch des Mondes sein. Manchmal saß mir die Wut so in der Kehle, daß ich meine Pluderhose herunterzog und auf die Grabkacheln urinierte und den Teufel anrief, damit er die Wächterengel des Toten davonjage. Das war schon ein irres Treiben! Ein anderes Mal hatte er sich von der Stelle gerührt. Er erschien in Form eines blendenden Lichtstrahls. Er kam auf mich zu, reichte mir eine irdene Schale mit Wasser und sagte zu mir: »Dieses Wasser ist aus der Oase unseres Propheten. Verlier die Schale nicht...« Am Morgen deutete mir meine Mutter diesen Traum. In der Tat konnte diese Gabe nichts anderes heißen, als daß das Kind auf die Welt kommen sollte. (Ein Kind, das zart und ein Schatz sein wird.) Das Wasser war mehr als das Leben, es war auch das noch mögliche Glück, die Hoffnung, das Leben zu lieben. Seit ich diesen Traum gehabt hatte, wollte ich jenen armen Menschen aus dem Alpdrücken vertreiben. Aber er blieb in meinem Dasein, wie verwurzelt. Ich konnte tun, was ich wollte, aus mir heraustreten oder mich einkapseln, die Wegrichtung ändern oder selbst Irrgärten anlegen, es gelang mir nicht, ihn loszuwerden, ich fand ihn immer wieder, unerbittlich, trocken, bedrohlich wie ein Felsblock.

Ich wußte in meiner Besessenheit nicht ein noch aus. Das Bild des Toten verfolgte mich überall. Ich machte mich mit meiner Mutter auf den Weg zum Moulay Idriss, um dessen Hilfe und Segen zu erflehen. Ich gestand ihm, daß ich nicht mehr schlief und daß ich spürte, wie der Irrsinn bald völlige Gewalt über mich erlangen würde. Um diesen Schritt zu bekräftigen, kaufte ich etliche Schriften bei einem Korangelehrten.

Die Geburt meines ersten Kindes hat mich von dieser Besessenheit befreit. Ich war geheilt. Das Glück wurde möglich.

Mutter erzähle
dein Leib müde Morgen um Morgen
bleich im Morgendämmer deines Verlangens
dein gemarterter Leib
verzehrt sich
ohne auch nur das Meer zu sehen
ohne auch nur das malvenrote Gras zu liebkosen
dein Leib hat den Schatten vom Leben getrunken
während die Sonne den Himmel vom Verdacht freisprach
dein Leib hat geschrieben
und du stellst dich zwischen den Tod und das Lichtgestirn
du hast gelernt die Wunde zu versorgen
wie ein Vogel der Angst hat
du hast alles auf die Schwelle deines Herzens verwiesen
und keine Träne
kaum einen Spalt in der Zeit
man hat dir gesagt grün sei das Meer
du hast nur die düsteren Straßen gekannt
du wendest dein Antlitz
und fügst noch Henna dem blauen Flügel deines Schweigens hinzu
Mutter
du hast die Tage und Nächte verknüpft mit dem weißen Faden unseres Lächelns

und dir selbst dein Leben vorgeflüstert
während sich das Grab weitete und in sein Bett dich zog
während der Verstorbene die Erde aß und einen See und ein gefrorenes Meer dir vorbereitete
nenne mir
nenne uns
die Farbe des Blutes, das du
zurückdrängtest als der Tote auf deinem zarten Leib die Seele aushauchte
sage mir
sage uns
daß du den Himmel bissest unter der Niederkunft der Hoffnung
daß du schriest
nicht als ein Opfer sondern als eine stumme Glut

Aber das Sagen setzt allem den Zierat auf. Erzähle mir vielmehr von den zweiten Tagen ... deinen glücklichen Nächten ...

Ich glaube nicht, daß ich ein anderes Leben gelebt habe ... Ich war auf natürliche Weise ehrerbietig. Die Grausamkeit wurde auf die Tage gepfropft ... Die Hoffnung kam nicht so sehr zu mir. Das zeigte mir meine zweite Ehe.

Nein, er schlug mich nicht. Er war kein gewalttätiger Mensch. Er war ein Mann, der dem Wort Gottes gehorchte (ja, auch er). Mir als Tochter eines Scherîf schenkte er ebensoviel Aufmerksamkeit wie seinen religiösen Pflichten. Er betete oft auf meinem Körper. Sein Geschlecht habe ich nie gesehen. Alles geschah im Dunkeln. Ich hörte seinen Singsang, einige Sätze zum Lobe

Allahs. Er sagte etwa: ... Lob sei Gott, dem Höchsten, der mir dieses Kind zum Felde gab, auf daß es bestellt werde. Schön und rein. Ein Schatz an Gehorsam und Hingabe. Möge mir dieses Kind einen Erben schenken, der auf Erden bleiben wird, um Dich zu loben und Dich anzubeten. Sooft Du willst, sei meine Seele Dir geweiht ... Im Namen Gottes, des Erbarmers, des Allmächtigen, ich führe meine Rute ein, zwischen die Beine dieses heiligen Kindes ...

Auch er ließ mich nicht ohne seine Einwilligung ausgehen. Ich blieb immer voll der Unreinheiten, die er täglich in mich schüttete, bis der Tag heran war, an dem mich meine Mutter mit ins Bad zu nehmen pflegte. Ich kannte die Straße überhaupt nicht. Ich wußte mich in dem Viertel gar nicht zurechtzufinden. Die Stadt, das waren für mich folgende Örtlichkeiten: das Bad, das Backhaus, Moulay Idriss, die Kissariya und dann die Häuser meiner Brüder und Schwestern.

Er war etwas jünger als der erste Mann und daher viel argwöhnischer. Er untersagte mir, unverschleiert vor manchen Mitgliedern meiner Familie zu erscheinen. Unter dieses Verbot fielen beispielsweise Cousins von Onkeln, Tanten, Großonkeln, Großtanten, verschiedene Onkel selbst und natürlich alle Fremden. Nur meine Brüder konnten mich ohne Schleier sehen! Oft fiel es ihm ein, mich im Haus einzuschließen. Zum Glück konnte ich auf das Dach steigen. Das war übrigens die einzige Gelegenheit, mit den Nachbarinnen etwas Luft zu schöpfen und mit ihnen zu sprechen. Man tauschte Vertraulichkeiten aus, man klagte einander sein Leid. Man entdeckte die Freundschaft. Es war ja schwer für uns, ein Geheimnis zu hüten. Wir mußten reden, erzählen. Man verabredete sich also jeden Nachmittag auf dem flachen Dach.

Uns vereinte eine Art Mitwisserschaft. Wir begegneten uns auch öfter im Bad. An diesem Ort fühlten wir uns wirklich wohl. Wir waren nicht durch die Leere voneinander getrennt. Im Dunkel berührten sich unsere Körper zuweilen. Das war ein Spiel.

Der Vormittag gehörte der Küche. Stundenlang den Rükken krümmen. Wir hatten nicht alle diese Erleichterungen von jetzt. Wie haben wir doch in den Küchen gelitten! Es war immer ein verbauter Platz. Ohne Bequemlichkeit. Ohne Sinn und Verstand.

In meiner täglichen Hausarbeit bewies ich meinen guten Willen als Frau/als Ehefrau. Ich war fügsam und ergeben und sagte nichts. Ich kochte gut. Ich kochte mit meiner Mutter um die Wette. Mir gelangen die besten Gerichte. Ich speiste den Mein-Mann mit großer Aufmerksamkeit. Ich wagte nicht, mich zu ihm an den Tisch zu setzen. Erst bediente ich ihn. Der Mein-Mann aß tüchtig. Er war zufrieden. Er rülpste zur Erleichterung. Er hat aber nie ein anerkennendes Wort für mich übrig gehabt. Ich aß, wenn er Siesta hielt; aber ich aß schlecht: die Müdigkeit hatte mir den Appetit genommen. Mehrmals unterbrach ich die Mahlzeit, um ihm seinen Tee zuzubereiten.

Nein, ich habe niemals Lust verspürt, ihn zu töten.

Ich hätte es tun können. Aber ich hatte Angst, Angst vor Gott. Töten ist verboten. Nein, wirklich, ich habe niemals Lust gehabt, ihn zu töten. Nein, ich hätte es niemals fertiggebracht ... Eines Tages verschluckte er sich. Er wäre fast gestorben. Seine knallroten Augen waren aus den Höhlen getreten und lagen auf dem Kissen ... Er würde ohne seine Augen sterben! Das war nur eine kurze Illusion.

Er starb wenig später eines natürlichen Todes und hinterließ mir ein Kind von fünf Monaten.

Zum zweiten Mal Witwe, aber ich war gefaßt und schickte mich in mein Los.

Ich brauchte nicht mehr in die Lehre der Einsamkeit und des Schmerzes zu gehen. Ich war geboren worden, um in deren Hin und Her, Auf und Ab zu hausen. Ich machte mich darauf gefaßt, der Schicksalslinie zu folgen, das Gesicht verschleiert. Ich hatte schon zwei Kinder und hatte noch nicht das Meer gesehen und kein Feld mit grünen Ähren. Ich konnte außerhalb von Fès nicht das Vorhandensein einer anderen Welt vermuten.

Mit deinem Vater war das anders. Zunächst, er war kein Greis; er war im besten Mannesalter. Endlich lernte ich einen Mann kennen, einen richtigen. Der Gedanke machte mich eine Zeitlang glücklich. Mein Onkel väterlicherseits hatte ihn in die Familie eingeführt. Sie hatten während des Krieges einen kleinen Handel gemeinsam betrieben. Als er mich heiratete, war er noch mit der Schwester eines seiner Geschäftsfreunde verheiratet. Eine kräftige, freßgierige, unersättliche Frau. Diese Frau hatte ihm keine Kinder zur Welt bringen können! Ich aber wurde im ersten Monat nach unserer Hochzeit schwanger. Ich lebte mit der anderen Frau in ein und demselben Haus, aber genoß alle Vorrechte. Die Zeiten waren schwierig. Es war noch Krieg, die Epoche der Bezugsscheine und Zuteilungen. Glücklicherweise hatten wir einige Vorräte. Wir hatten als Rückhalt zwei große Krüge voller Dosen mit Kamelfleisch, einen Sack Kohle, zwei oder drei Sack Getreide.

Mir war die andere Frau eigentlich nicht besonders zuwider. Sie gab oftmals nach. Wir lebten in Gemeinschaft ohne Ärger. Als ich geboren hatte, packte sie ihre Koffer und ging zu ihren Eltern zurück. Die Scheidung fand wenige Tage nach der Zeremonie der Namensgebung statt. Wir sind befreundet geblieben. Sie kam von Zeit zu Zeit, um mich zu besuchen, und half mir bei der Arbeit. Sie hat dann auch bald wieder geheiratet. Und sie bekam viele Kinder …

Was mir am meisten an deinem Vater gefiel, war der Gewürzduft, der ihm ständig anhaftete. Er verkaufte Gewürze aller Art. Er roch ein bißchen nach Erde. Er hat mir ein wenig Glück gegeben. Die Zeiten waren schwierig, und er konnte sich uns nicht völlig widmen. Sein Handel ist nicht immer gut gegangen. Er hat den Geschäftszweig mehrmals gewechselt. Nach den Gewürzen machte er sich ans Stoffeverkaufen. Das hat ihn aber nicht zufriedengestellt.

Der Tag läuft ab mit dem Donnerschlag
einer anderen Gewalt. Aber der Tod
neigt sich über ein weißes Geviert
wo die Zeichen einen Gesang formen für das Fieber von anderswo
Die Hand greift in den Garten eines Gedächtnisses in Blüte wo
der Umriß einer Wunde schnell verdrängt wird.
Wer glaubt noch an das Scheitern
des Auges in den Windungen des Wortes?
Denn das Wort und die Hand werden eins auf dem Feld der Gefahr.

Aufprallen bei einer schlecht angedeuteten
Besitznahme auf der Linie eines kaum begriffenen Lebens.
Plötzlich tritt die Farbe aus einer Erwähnung hervor und bekleidet die Gebärde die sich verbraucht.

Du schweigst und beackerst die Felder
eines unwilligen Schicksals

Mutter
du überraschst uns kaum.

Das Mitwisserauge des Lauschers schließt sich über dem Wort, das dahinfährt.

Fès, das vom Propheten erwählte!

Er soll es so genannt haben, auf seinem Pferd in der Nacht der Himmelsreise.

Mohammeds Wort fiel auf dieses Gebiet, ein von Geisteskeimen und -körnern weißer Fleck. Es wurde in dem Vorvätergedächtnis bewahrt und war somit Wiege (Schmelztiegel) von Leidenschaften.

Das Mutmaßen der vergänglichen Gedächtnisse pflanzte dort den Buchstaben ein, die Verkündigung, die Rede. Wir waren alle Semiten, am Zügel der Verlockung gehalten. Fès wurde die Hauptstadt der künftigen Wunde. Das Wissen wurde die standesgemäße Ausstattung für einige.

Die Gesellschaft von Fès nahm ein Gefüge an im Sinne der durch ein geheiligtes Gedächtnis gesetzten Ungleichheiten. Der Handwerker hat dort gelitten. Verachtet. Niedergehalten. Beiseitegeschoben. Als Handwerker kam ihm kein Platz in der sich herausbildenden Gesellschaft zu. Aber wer hat wohl nicht wenigstens einen Handwerker in seiner Familie? Als Stadt ohne Fabriken hat Fès, die berufene (!) geistige Hauptstadt, den Unterschied zwischen der Hand und dem Denken festgelegt.

Das Netz der großen Familien hat sich dank des Wissens erhalten, das die Karawijîn vermittelt oder das in den Schulen für die Söhne der Notabeln gelehrt wird. Die Söhne der Handwerker wurden dazu bestimmt, den Beruf ihres Vaters zu erlernen und zu erben.

Wer während des Widerstandes zu den Waffen griff, das waren nicht die Söhne des Notabeln, das waren vielmehr die Söhne der Handwerker. Die Notabeln begnügten sich, ihre Läden zu schließen und den Feda'ijîn das Hammelfell am Tag des Opferfestes zu schenken. Ihr Opfer belastete aber manchmal ihr Vermögen. Sie bekamen anonyme Briefe, in denen ein Revolver oder eine schwarze Hand aufgemalt waren; ohne Rede, ohne Verkündung, nur eine Zahl, eine Summe. Sie zahlten mit gewissem Stolz.

Als der Handwerker die Mißachtung satthatte, wollte er nun mit der Unterlegenheit, in der er gehalten wurde, Schluß machen.

Fès entvölkerte sich und splitterte auf.

Der Fluch der Geschichte hat den Ort seiner Niederschrift gefunden. Diese Stadt, von der immer die Macht ausgegangen ist, befindet sich gegenwärtig vergraben im Kindbett des Vergessens. Das Protektorat hat sie erst in zwei Hälften teilen wollen, indem es sie in die äußersten Bezirke des Andersseins verlegte: es hat, etwa achttausend Meter von der alten entfernt, eine Stadt nach eigenem Bild geschaffen, in der Tradition kolonialer Häßlichkeit. Es hat sie sogar mit Bewohnern von Fès, die lieber einen Wagen fahren als einen Maulesel treiben, bevölkern können. Die ersten Familien, die in die neue Stadt übersiedelten, waren jene, die die Christen, die Träger der Modernität und der neuen Unterschiede, recht gern mochten. Sie trennten sich vom Ort ihrer Geburt, von dem sie sich lossagten, aber von dem sie die Strukturen eines »Sklavenhalterfeudalismus« mit sich nahmen. (Hatten nicht die Häupter der großen Familien in der Mehrzahl außer ihrer legitimen Frau ein oder zwei schwarze Frauen, die sie als Sklavinnen gekauft hatten? Das war noch der Brauch zu Beginn des Jahrhunderts!) Bald werden dieselben Familien auf die Entdeckung des freien Wettbewerbs und des Gewinns anderenorts stoßen: Casablanca, Dakar, Abidjan, Mekka …

Sie, die Handwerker, die Fès zu sehr liebten, als daß sie sich von ihm lossagten, haben es nicht verlassen.

Nicht auserwähltes Volk.
Getreu der Schwerkraft der Farben.
Es windet sich in der Erde und gestaltet mit seinen Händen den Stein.
Der Sohn des blauen Morgendämmers im Widerschein einer anderen Gewalt
verteidigt die Stadt und ihre Mauern …

Die Fès-Rede endet.

Wir haben keinen Text mehr zum Lesen.

Der Körper ist einer Niederschrift ledig. Harrouda verliert ihr Gefieder. Der Oger hat sich an der Quelle Sidi Harazan eingerichtet und lebt mit dem netten-jungen-Mann-der-Ratten-speit zusammen. Sie studieren gemeinsam einen Bewirtschaftungsplan dieser wilden Gegend. Sie denken, einen Handel mit Kiesel aufzuziehen, und nehmen Abstand von dem Abfüllen des Wassers in Flaschen, das (wie es scheint) die Keime des Umsturzes enthält. Eine amerikanische Gesellschaft hat es jetzt übernommen, diese Keime auszusondern und auf der Grundlage dieses Wassers eine nationale Coca-Cola herzustellen. Die Bäche werden zu Swimmingpools, und anstelle der Zelte werden Bungalows hingesetzt.

Die Fès-Rede endet.

Das ist nicht einmal eine Wüste. Die Wüste kann lokken, und der Sinn verliert sich nicht in ihr. Die Würde ist im Wind, der die Sandmassen pflügt. Die Würde und der Sinn. Zwei Elemente der Verlockung, die im Manuskript ausgemerzt wurden.

Die Lektüre von Fès wird zum Verlust von Worten und von Steinen.

Der Satz ist eine Straße, die vom Zufall der Geschichte ihren Verlauf erhält. Man durchquert die Stadt auf ein paar kleinen Wegen und borgt sich von der Sprache irgendwelche Umschreibungen. Der Text verschwindet. Die Stadt zieht sich zurück. Die Mauern wandern ab. Nichts häuft sich an. Von dem durchscheinenden Himmel eine Heftseite. Auf dem Sonnenbildschirm die Viertel, die sich überlagern. Sie verschwinden in einem Magma unbestimmter Texte.

So ist die Niederschrift eines siechen Schicksals.

Fès als verlassene, verfallene Hauptstadt wurde vergessen von unwürdigen Notabeln. Das ist ein Manuskript, von dem sie nichts begriffen haben.

Später werden die Kinder sagen …

Deswegen kann jede Lektüre dieser Stadt im Augenblick nichts anderes sein als reines Gedankenspiel eines einsamen Phantasten.

Man muß über die Stadt hinwegfliegen und das Gedächtnis fabulieren lassen.

Ich habe fabuliert.

3
Ascherfreitag

Bis jetzt ist nichts geschehen. Die parallelen Texte verwerfen die Chronologie. Deshalb wird es keine Symmetrie im Raum des Fabulierens geben. Ich lasse zu, daß sich das Schreiben verschiebt, bis der ganze Gesichtskreis erfaßt ist.

Die Folge ist ein Fest.
Es legt mit neuen Linien die Wirklichkeit bloß.

Hört …

Als der Blick den Pilgerweg der Klarsicht durch beide Mutterstädte hinter sich gelassen hatte, heftete er sich auf den großen Boulevard der künftigen Stadt, der Stadt, wo sich an einem Märzmorgen alle Kinder des Landes zum Fest eingefunden hatten.

Die ernsthaften Leute, die dieses Wirtschaftszentrum des Landes mit den Lungen eines Organismus verglichen, hatten es mit der Angst zu tun bekommen und verstanden nicht, um welches Fest es sich handelte. Das war weder das Îd-es-saghîr noch das Îd-el-kabîr! Das war auch nicht das Unabhängigkeitsfest, man hatte ja gerade die Triumphbögen beiseite geschafft! Kinder jeglichen Alters füllten die Straßen und schwenkten Wimpel und Fahnen. Sie kündigten das Fest an, das große Fest, dasjenige, welches dem Jüngsten Gericht direkt vorausgeht, dasjenige, welches die Zeichen der Auferstehung mit sich führt, das plötzlich aus einem bunten Vorstellungswillen entsteht und das die Tollheit in die stillen Herzen pflanzt. Ausbruch eines Rauschzustandes, der den Himmel spaltet, um das Blau des Todes zu feiern.

Die Barrikaden waren errichtet; die Sonne wurde zum Gestirn der Verschwörung.

Auf der Gegenseite wurden die Läden geschlossen und die Reichtümer versteckt. Die Frauen wurden in ihrer Kopflosigkeit ihre Brüste los, die wie Luftballons zusammenschrumpften. In aller Eile vergruben sie ihren goldenen Gürtel und ihre Diamanten. Die Lage war unübersichtlich (wie es heißt)!

Als dann in den putzsauberen Vierteln das Fest die Fetzen seines Wütens umhertrieb, quer durch die rot-golden angestrichenen Häuser, da verbreitete das Radio ein Kommuniqué:

Lob sei Gott!

Wie wir erfahren, haben sich heute morgen in der Gesamtheit der Gefängnisse, Krankenhäuser, Waisenheime und Wellblechsiedlungen spektakuläre Ausbruchsaktionen ereignet.

Augenblicklich durchstreifen nackte Männer das Land, verrückte, tuberkulöse Männer, Verbrecher, rechtmäßig Inhaftierte, Aufrührer, Clochards, Bettler, Scharlatane, Verbreiter von unruhestiftenden Ideen und von Bomben-Büchern, Untergrundelemente, deren Fäuste locker sitzen.

Schließt die Geschäfte! Schließt die Türen! Vergrabt euer Geschmeide! Macht eure Geldschränke einbruchsicher! Nehmt Handschellen und Maulkörbe mit euch! Nehmt euern Gebetskranz mit euch und Das Buch; versammelt euch in den Moscheen! Betet! Laßt uns beten! Laßt euch nicht kopfscheu machen!

Wir haben die Krake gegen sie ausgeschickt, er wird sie zur Vernunft bringen; er wird zu jedem Mittel greifen, um unsere wahren und ewigen Werte zu retten. Die Krake ist schon an Ort und Stelle. Habt weiter keine Befürchtungen! Wir halten euch über die Entwicklung der Dinge auf dem laufenden. Gott möge uns schützen vor allem Ungemach!

Gott ist groß!

Gott ist barmherzig. Er schützt uns. Gott ist mit uns!

Die Fühler der Krake verschlangen einige Kinder. Das reichte nicht. Die Ordnung blieb immer noch gestört. Das Fest fand in allen Teilen der Stadt statt. Verstärkung kam von allen Seiten: von einem klingenden Wirbel wurde alles mitgerissen. Die Mumien der Verwaltung ließen sich nicht innerhalb ihrer Mauern blicken, sie ließen die Aktenschränke offenstehen. Eine Panik. Die Verrücktheit des Himmels. Keine Türen mehr in den Büros. Löcher klafften in den Fassaden. Mit dem Luftzug flog der ganze Papierkram auf und davon. Es ging ein Regen aus Schreibmaschinenblättern über der Stadt nieder. Kinder konnten sich nun Schiffchen falten und dann eine Fackel in die Luft schleudern. Keine Register mehr. Keine Archive. Ein bißchen Asche und fast kein Rauch. Der Wind trug mit dem letzten Hauch ein paar schlecht brennende Papiere davon. Das Fest war nicht länger ein Kinderspiel. Man verbreitete schon keine Kommuniqués mehr. Es war Alarm gegeben worden. Riesige schwarze Adler ließen sich an Fallschirmen vom Himmel herab. Sie bekamen einige der Kinder zu fassen, die sie im Flug in Stücke rissen.

Das Fest geriet ins Stocken. Man gab sich eine Frist zum Nachdenken. Die Raubvögel besetzten bestimmte strategische Punkte und überwachten die Bevölkerung. Ermattung und eine Anwandlung von Schlummer überwältigten die Krake. Diese Beruhigung der Lage nutzend, entstieg Harrouda einem Gully. Sie ging auf Zehenspitzen über den großen, leeren Platz, weckte die Krake und ließ sie kleine rote Kügelchen schlucken. Das waren Sonnenkügelchen, die im Leib ein Feuer entfachen. Der Vorteil dieser Kügelchen besteht in ihrer prompten und nachhaltigen Wirkung. Der Körper, der sie aufnimmt, wird zur Feuerkugel. die sich ständig wandelt. Stellt euch eine einzige Feuerkugel vor, die unaufhörlich anschwillt und auf ihrem Weg Verwüstungen verursacht. Unsichtbar bei Tageslicht, rast sie mit großer Geschwindigkeit umher und zerstört alles, was ihr begegnet. Panik ergriff also all die Kraken und Raubvögel. In die Flucht geschlagen, drehten sie sich um die eigene Achse, bis ihre Körper zu Asche wurden. Harrouda verschwand, sie nahm etwas Asche in ihrer Handtasche mit.

In der Ferne ein Liebesgesang.

Die Töchter des Atlas tanzen auf der Wolkenfront. Die Männer des Rif bestellen erneut die Erde. Das Zurückweichen des Waldes legt die Stadt frei.

Wir haben ein Gebirge in unseren Gedanken; diese sind vom Tag abgesondert.

Das Gras flößt uns wieder Mut ein und schützt uns.

Die Sonne in ihrer Wut verließ den Himmel.

Die Kinder tauchten in der Stadt wieder auf, die verlassen zu sein schien. Sie drängten voran, und ihre Zahl wuchs, dann versammelten sie sich mitten auf dem großen Platz.

Es kam zur Belagerung.

Das Wort verströmte in silbernem Dahinfließen:

Wir, die Kinder und Vögel, bewußt und verantwortungsvoll, die Erde und die Sonne liebend,
geben das Wort unseren Narben jenseits
der Unschuld, die man uns nachsagt
und haben beschlossen

angesichts
der demagogischen Bedingungen für eine Bildung des Gedächtnisses
der Unmöglichkeit des rettenden Selbstmordes
des Gewaltbudgets des Ministeriums für Nationale Kadaverisation

der am hellichten Tage verübten Kastrierung
der Mauern, die sich hinter den Menschen schließen
des Gesangs, der benebelt und einlullt
der Vergißmeinnichtblümchen, die auf den jungfräulichen Leibern sprießen
des Schweigens, das im Morgencafé gereicht wird
des gepunkteten Körpers
des Schicksals, vom Ende her
des Meeres und des bitteren Gischtes
des sich mit großen Schritten eurem Zuhause nähernden kaftantragenden Todes

die Stadt zu belagern
die Körper aufzulösen
und das Gericht vor dem Jüngsten Gericht abzuhalten

seid nicht erstaunt wenn heute abend ein kleines Erdbeben (ein erstes, noch schwaches) euch im Schlaf überrascht
heute abend das Erdbeben
morgen der Kreis der Kadaver
hört
die Hunde werden unter euren Fenstern bellen
das wird unser Aufruf sein
ihr werdet nackt heraustreten und so bleiben bis das Gericht stattgefunden hat
währenddessen wird die Sonne im Zenit stehen.

Eine ferne Stimme riß den Himmel auf und fuhr durch die Wolken.

Eure Zeichen sind nichts als Lüge; nur die Zeichen, die vom Himmel herabkommen, machen, daß sich die Nacken beugen, und sagen die Wahrheit.

Ich bin der Teufel honoris causa; der liebe Gott mit Strohhut; ich bin die Legende, die endlos umhergeht und Gerechtigkeit übt; ich bin der Regenbogen, der seine Farben für die Wahrheit, für die Freiheit geopfert hat; in meiner Jugend habe ich einige Wunder vollbracht; dessen rühme ich mich nicht; ich lasse euch raten, ich bin ein Ort des Wandels gewesen, ich teilte den Segen aus; einst hatte mir die Sphinx ihr Gedächtnis geliehen; ich habe ihr meine Weisheit dargeboten; heute lasse ich meine Hand durch die Bezirke anderer Gedächtnisse irren; ich bin die hundert Horchposten geworden; ich bin für dich die hundert Verhörbüros: Name-Vorname, Geburtsdatum-Geburtsort, Sohn-des, erlernter-ausgeübter-Beruf, letzter-Wohnsitz-jetzige-Adresse, Zugehörigkeit, politische-Einstellung-religiöses-Bekenntnis, sexuelles-Verhalten-homosexuell-heterosexuell, Unzutreffendes-streichen-keine-Zusätze, Zutreffendes-rot-unterstreichen, sportliche-Betätigung, Selbstmordanwandlungen, Besitz-von-Büchern-Blumen-Verbotenem, welche-Länder-besucht, die-Fußsohlen-zeigen, Körperabdruck-unten-am-Badestrand, Eingeständnisse, verurteilt, schuldig-einmal-zweimal, richtet ihn hin, bestattet ihn, löscht ihn aus, aus allen Gedächtnissen, der nächste

ich spreche von der Heuchelei

ihr seid Heuchler; ich fordere euch auf, euch zu ergeben und die Sonne freizulassen; mir schmerzen die Augen! das Meer und der Himmel stoßen sich … ich stehe kopf … mir ist übel … ich habe Durchfall … meine Exkremente überfluten mich … laßt mich fortgehen … ich überlasse euch mein honoris causa … die Sonne brennt mir Löcher in die Haut … bedenkt, daß euer Leib am Tag des Jüngsten Gerichts sprechen wird … der Himmel erkennt mich nicht mehr an … soll doch der Adler der Gerechtigkeit als Zeuge auftreten … soll er mich befreien … ich bin …

Die Stimme wurde von dem Blitzstrahl unterbrochen, der ein paar Wolken freisetzte. Das war das einzig bemerkenswerte Ereignis an diesem ersten Tag der Belagerung.

Die dicken, faltigen Leiber lagen zuhauf auf dem Platz. Die Frauen stellten ihre natürliche Häßlichkeit zur Schau. Mit der einen Hand versuchten sie die Ratten zu verscheuchen, die ihnen zwischen den Beinen herumkletterten, und mit der anderen bedeckten sie das, was von ihren Brüsten geblieben war. Die Männer schienen mehr Haltung zu wahren, erhobenen Hauptes kamen sie, die Gebetskette ließen sie durch ihre Finger gleiten. Sie erachteten das Chaos, das sie miterlebten, als Gottes Fügung. Doch alle zeigten sich nicht der Lage völlig gewachsen. Ein magerer, trockener Leib trat aus der Runde hervor und schrie:

Mit uns kann man nicht alles machen! Wir sind keine Schafe! Warum haben wir nicht die Kraft, dieses Schicksal zu zerschmettern? Wir sind Gläubige und halten die Gebote; wir verdienen daher Achtung und Ehrerbietung, wir verdienen das Paradies; wir haben reichlich Gold, um uns das Paradies zu erkaufen, befreien wir uns also, und gehen wir nach Hause ...!

Kaum hatte er diese Worte gesprochen, als ihn ein grausamer Schmerz packte, so daß er sich jammernd am Boden wälzte. Das war Durchfall, ein einfacher Frühjahrsdurchfall. Er wurde von Aalen erdrosselt, die aus seinem todgeweihten Leib gekrochen kamen.

Angesichts der Ungeduld einiger, sprach nun ein Kind/Vogel:

Geht auseinander, sofern euch das Erleichterung bringt!

Rennt hinter euren Särgen her ... lauft und verschwindet in euren Gräbern ... lauft und verteidigt euer letztes Stückchen Land ... rennt zu euren Privatfriedhöfen, die ihr von Geburt an gepflegt habt, die mit Jasmin- und Rosenwasser benetzt und mit dem Blut eurer Diener getränkt wurden ... lauft und verliert euren Verstand in einem duftenden Loch ... der Tod wird euch nicht befreien ... ihr könnt Platz in den Zaouïas finden und beten, bis die Sonne sich bequemt unterzugehen ... aber irgendwo in der Schrift des Himmels steht geschrieben, daß sie weiter über euren Häuptern leuchten wird. Ihr seid dazu bestimmt, euch allmählich zu verzehren und im Unendlichen wiederzuerstehen. Das ist kein Mißverständnis. Erwartet die Ankunft des Propheten! ... er wird die Seinen erkennen ...

Niemand wagte eine Widerrede. Männer und Frauen zogen schweigend und mutlos vorüber. Ein Mann, der seinen zwischen den Beinen hängenden Bauch nicht mehr halten konnte, sank zu Boden und flüsterte, gefaßt:

O mein Gott! Was habe ich Böses getan, daß ich diese Strafe verdiene? Ich habe deine Gebote wortwörtlich erfüllt; ich habe niemals ein Gebet ausgelassen; als ich krank war, habe ich im Bett mit einem Augenaufschlag gebetet; ich habe immer Almosen gespendet, auch als die Fabrik bestreikt wurde, auch als die Geschäfte nicht gut gingen; freitags stand ich in der Moschee in der vordersten Reihe; ich habe oftmals ein Kuskusessen für die Tolba veranstaltet; ich habe für die Gesundheit der Schurafâ gebetet; ich habe sogar meine Tochter einem Scherîf gegeben, meinem besten Freund, als meine Tochter gerade fünfzehn geworden war; ich habe meine Diener wie menschliche Wesen behandelt; ich bin dreimal nach Mekka gepilgert; ich habe von den heiligen Orten etwas Wasser aus dem Simsim-

Brunnen mitgebracht; ich habe seit meiner zarten Kindheit den Ramadan eingehalten und bin nie den Versuchungen des Alltags erlegen; ich habe mit der ganzen Kraft des Glaubens und der Tugend das Laster von mir ferngehalten; ich habe nie einen Tropfen Wein getrunken und nie eine Scheibe Schweinefleisch gegessen; zwar muß ich gestehen, daß meine Kinder mir nicht gleichen, sie sind andere Wege gegangen, obwohl ich alles getan habe, um ihnen eine gediegene und sittliche Erziehung angedeihen zu lassen, aber sie wurden von dem Bösen, das aus dem Christenland zu uns kommt, mitgerissen; sie kennen weder ihre Heimat noch ihre Sprache; dessen schäme ich mich und bezichtige ich mich; ich habe für sie oft gebetet; sie sind in der Politik heute; ein Unglück! O mein Gott! ich lehne mich nicht auf; es ist Dein Wille, der sich da zeigt; ich liege auf Knien; ich bin am Ende; ich erwarte Deinen Richtspruch; mir ist schlecht; ich fühle, wie sich im Leibe die Gliedschmaßen zersetzen; mein Vermögen vermache ich euch; all meinen Besitz hinterlasse ich euch; mir ist schlecht... mir ist schlecht...

In ungezwungener Haltung zogen die Körper vorüber. Vor der Sonne, die sie befragte, machten sie halt; sie mußten mit ihrer Selbstvernichtung beginnen: die Schwüre, die sie vorbrachten, kehrten sich gegen sie und riefen den Zorn der Echsen hervor, die ihnen an den Hals sprangen und sie würgten, aber nicht töteten. Ihre Zungen und ihr Geschlecht redeten von allem, was sie erlebt hatten. Sie wurden gezwungen, alles zu sagen, alles aufzudecken; übrigens konnten sie gar nichts verbergen. Sie sagten sich tatsächlich von dem Leib los, der sie trug. Die Wahrheit kam in Form von farbigen Silben zum Vorschein, und sie ergossen sich über den großen Platz. Tausende von Zungen und Geschlechtsteilen sprachen eine Weile, die Dauer war unmöglich zu bestimmen. Während dieser erstarrten Zeit gab es keine Zufluchtstätten mehr. An Ort und Stelle zerfielen die Leiber in Stücke. Unter den sengenden Strahlen der Sonne entstand ein unerträglicher Gestank. Der Himmel wurde wieder blau. Das war die Pause. Das Blau des Todes. Die wenigen Wolken lösten sich auf. Die Luft war mild. Die Körper erwachten wieder zum Leben. Doch diese Windstille hielt nicht lange an. Der Himmel verdüsterte sich, und die Wolken, die wieder heraufgezogen waren, gaben Fallschirmspringer aller Art frei: schwarze Adler, Raubvögel, die von den fernen Horizonten Texas' losgelassen worden waren, schnelle, wirkungsvolle Eingreiftruppen, Kraken, die durch ein System künstlicher Beatmung am Leben gehalten wurden, Riesenlibellen und Fangheuschrecken aus Plastik... Sie retteten die sterbenden Leiber und begannen die Jagd auf die Kinder/Vögel. Sie veranstalteten ein Massaker (wie es heißt). Innerhalb weniger Stunden hatte die Stadt ihre Kinder eingebüßt. Es gab nur noch die Erwachsenen und die Alten. Man sprengte die Bäume, die die Vögel beherbergten, in die Luft; Ruhe und Ordnung herrschten in der Stadt; eine Stadt ohne Kinder, ohne Vögel, ohne Bäume... eine freie Fläche. Ein Orchester der andalusischen Musik nahm auf dem großen Platz Aufstellung und spielte bis zum Tagesanbruch. Von Zeit zu Zeit sprang ein Spaßmacher in die Höhe und brachte die Vorübergehenden zum Lachen. Das Fernsehen übertrug die Festlichkeit direkt. Die Kamera verweilte bei manchen Einzelheiten des Massakers; sie zeigte die am Stadteingang aufgespießten Kinderköpfe. Spät in der

Nacht verteilte man Medaillen unter die Oktopoden und die Raubvögel, die die Ordnung wiederhergestellt hatten. Die Katzen waren auch bei dem Fest dabei; sie fraßen die auf der Erde herumliegenden Vögel. Ein Kamel hatte sich im Schaufenster eines Modesalons eingerichtet und weinte. Niemand beachtete sein leises Sprechen. Es war ein Kamel, das ein Meister der Folter, nachmalig Geschäftsmann und Zuhälter, in die Wüsten Arabiens vertrieben hatte. Die Situation normalisierte sich. Das Kamel entschloß sich zum Selbstmord, als es zu tagen begann. Am Morgen erschienen die Zeitungen wieder, und die Leute gingen ihren Beschäftigungen nach, als wäre nichts gewesen. Die Verkehrsampeln funktionierten wieder. Die Uhren zeigten die Stunden an. Das Wetter war angenehm. Es war ein schöner Tag, ein richtiger Picknicktag!

In den 13-Uhr-Nachrichten kam ein Sprecher der Organisation der Verteidigung und des Friedens zu Wort, der sich an die Bevölkerung wendete:

Lob sei Gott!

Wie war das möglich? Wir sind von einer Bande Gassenjungen hintergangen worden, von Kindern und Vögeln.

Unsere Aufmerksamkeit war nicht angemessen! Wir müssen unsere Anstrengungen zur Wachsamkeit verdoppeln. Man hat uns veranlaßt, vorzeitig Gericht zu halten (ein dem Jüngsten Gericht vorausgehendes, sagten sie). Ihr Täuschungsmanöver bestand darin, daß sie uns glauben ließen, die Sonne habe in ihrem Lauf angehalten und wir müßten ihrer sengenden Glut ausgesetzt bleiben. Unsere Ohnmacht konnte nur die Folge unseres mangelnden Glaubens und unserer seit einiger Zeit angekränkelten Sittlichkeit sein. Von unseren Diensten sind wir informiert worden, daß hinter diesen Ereignissen sowohl eine ausländische Organisation steckt wie auch ein altes Weib, eine Art verrückt gewordene Hure. Wir haben sie bereits in Haft genommen.

Jetzt, da unsere Stadt von all diesen Unruhestiftern gesäubert ist, hat unsere Organisation im allgemeinen Interesse und mit dem Ziel, einen neuen Einfall der Kinder/Vögel zu verhindern, beschlossen, einen Teil der männlichen Bevölkerung zu sterilisieren und den Frauen Pillen zu verabreichen, die ihnen die Verhütung von Nachwuchs ermöglichen werden. Außerdem lenken diese Pillen die Sympathiegefühle zu mancherlei Art von Getier hin. So werden Oktopodenbabys aller Couleurs eure Heimat freundlich gestalten.

Die andere Entscheidung unserer geliebten Organisation betrifft die Stärkung unseres Glaubens. Es wurde beschlossen, die Zahl der täglichen Gebete zu erhöhen; von nun an beten wir siebenmal am Tage; ebenso wird es mit dem Fasten gehalten; wir werden eine Woche zusätzlich zu fasten haben! Es werden Spezialsonnenbrillen unter euch verteilt, um euch gegen einen eventuellen Stillstand der Sonne zu schützen. Wir werden ferner die Stadt mit unterirdischen Zufluchtstätten versehen.

Am heutigen Freitag organisieren wir ein großes Kuskusfestessen für die Armen. Man fordert euch auf, bei ihnen Platz zu nehmen, bei ihnen am gemeinsamen Tisch. Es ist an der Zeit, daß wir unseren nicht vom Glück begünstigten Brüdern helfen.

Ich muß euch vor allem mitteilen, daß nichts weiter zu befürchten ist: Die Irren und die gefährlichen Elemente, die ausgebrochen waren, wurden festgenommen und in ihre Zellen wieder eingesperrt.

Wir organisieren für diejenigen, die Mißhandlungen erdulden mußten, Reisen und Kuren in der Schweiz und in anderen Ländern Europas. Die Prospekte sind bei eurem jeweiligen Zeitungshändler zu erhalten. Über diese Sofortmaßnahmen hinaus wurde beschlossen, daß in diesem Jahr alle körperlich gesunden Personen die Pilgerfahrt zu den heiligen Orten machen und bei dieser Gelegenheit einen Sklaven freilassen werden.

Der Herr ermahnt uns immer wieder, sobald wir vom rechten Weg abweichen sollten. Daher wollen wir uns vom materiellen Leben abkehren und uns dem Geist zuwenden, der uns den Weg ins Paradies eröffnet. Laßt uns an jene denken, die leiden, laßt uns an jene denken, denen kein Glück zuteil wird; laßt uns an jene denken, die ohne Liebe sterben –unsere Brüder!

Im selben Augenblick folterten maskierte Männer die Harrouda, um ihr Geständnisse abzupressen.

Ungerührt ertrug sie alles.

»Du bist eine Hexe, eine alterslose Hexe; du wirst die Züchtigung erhalten, die du verdienst. Du bist eine häßliche, dreckige Hexe. Du stinkst wie eine tote Ratte. Übrigens heißt es, daß du dich von Ratten nährst! Woher nimmst du dein Können? Und warum bist du wieder aufgetaucht? Du bist erschienen wie die Pest...«

»Ich bin keine Hexe.«

»Aber eine Hure?«

»Was gibt es an den Huren auszusetzen?«

»Ich meine, daß sie Ziegen sind –
ich, daß sie wie Frösche springen –
ich, daß sie nicht auf den Genuß kommen, daß sie gehässig wie die Eulen sind –
sie bringen Unglück –

sie leben von der Sünde anderer –
sie haben Läuse in den Schamhaaren –
sie stinken nach Knoblauch und ranziger Butter –
sie trinken das Blut ihrer Regel –
sie urinieren auf Grabsteine –
sie treiben Sodomie mit wildgewordenen Eseln –
sie sind abergläubisch –
sie sind Hexen –
sie stören die soziale Ordnung –
sie halten den Ramadan nicht ein –
sie trinken Wein –
sie spucken auf das Brot –
sie haben keine Kinder –
sie arbeiten nicht –
sie haben Brüste wie Arschbacken –
sie haben Tätowierungen auf der Zunge und auf dem Geschlecht –
sie machen ein Feuer zwischen ihren Schenkeln –
sie haben einen Pakt mit der Spinne Kandischa geschlossen –
sie rauchen Kif –
sie essen Hund und kaufen goldene Armreifen –
sie sprechen mit den Sternen und prosten der Sonne zu –
sie führen Gischt mit sich und versorgen die Vögel –
sie gehen spazieren, der Kopf fehlt, und das Geschlecht klafft –
sie gebären Fleisch des Himmels und treiben es mit den Kindern der Morgenröte; sie zeigen es für ein Stückchen Zucker, und ihr dürft es anfassen, für eine Orange –«

Harrouda war eine von denen –
treu und rein in ihrer Tollheit und ihrer Liebe –
sie war unsere erste Liebe –
wir werden ihren Kult feierlich begehen, sobald die
Raubvögel aufhören, uns zu zerhacken –
im Augenblick –
wohnen wir ihrem Verhör bei, ohnmächtig –

Ich bin eine Spinne. Ich habe bis jetzt im Schädel eines Faqîh gehaust, eines lasterhaften alten Mannes, der vorgab, er lehre Gottes Wort. Er glaubte, unsere Kinder seien unbefangen und unschuldig. Er wurde von ihrem Lachen erdrosselt. Ich habe mich gerade dann in diesen Schädel zurückgezogen, als mich die Bengel verlassen wollten. Mein Geschlecht hatte keinen Reiz mehr für sie. Und das Verlassensein wollte ich nicht hinnehmen. Ich wählte die Einsamkeit und das Exil. Ich hatte viel erlebt und wollte nicht in das Dorf zurückgehen, wo ich geboren war und wo mich vielleicht jemand erkannt hätte. Die Mädchen prostituieren sich dort nur für Geld. Ihre Männer sind manchmal auch ihre Zuhälter. Das finde ich entwürdigend. Mag sein, daß das so ist, weil sie nicht anders können. Das Leben stößt sie umher und läßt sie hinter sich. Für ein Glas Tee habt ihr Zutritt zu ihrer Einsamkeit. Sie leben in niedrigen Häuschen, in Gruppen zu fünft. Tagsüber knüpfen sie Teppiche, die ein Mann aus der Stadt an jedem Monatsende abholen kommt. Deswegen habe ich mich lieber zurückgezogen. Das war in der Zeit der allgemeinen Hochstimmung. Man sprach von einer neuen Ära; einer Ära des Wohlstands; man sprach viel von der wiedergewonnenen Freiheit ebenso wie von unseren Werten. Man ging auf den Straßen umher und trug die Nationalfarben. Die Feierlichkeiten dauerten Monate. Aber schon erstickten Menschen in Jutesäcken. Da begann ich meine Verwandlung; ich wurde zuerst eine Eule; dann wurde ich eine durchsichtige Spinne. Ich wußte zuviel. Man hätte mich in einem Jutesack liquidiert. Ich hatte Angst. Also habe ich Jahre hindurch geschlafen. Von Zeit zu Zeit verspürte ich in meinem Schlaf eine Übelkeit. Eines Tages hörte ich die Schreie der ersten Kinder, die verschluckt wurden von dem, was man den »Oktopoden der Verständigung« nennt. Das war zu Beginn des Festes. Gewiß, die Leute waren überrascht; sie kannten nur eine einzige Art von Fest und erduldeten weiterhin die aus der Ferne geleitete, mit ultramodernen Mitteln gut organisierte Gewaltanwendung, tagein, tagaus. Ich konnte nicht diese Kinder alle – meine Kinder – in den Fängen der Ungeheuer lassen. Ich entschloß mich zur Unterbrechung meines Exildaseins und zum Eingreifen. Keiner der Erwachsenen fühlte sich von den Vorgängen betroffen. Die politischen Organisationen, die Vereinigungen sozusagen der öffentlichen Nützlichkeit, wurden sämtlich von den Ereignissen überrollt. Sie begriffen nicht, wie eine Handvoll hungriger Kinder und rachitischer Vögel eine Stadt hatte belagern können. Nicht zum erstenmal hat es ihnen an Vorstellungskraft gefehlt.

Ich habe die Reise gemacht; ich bin durch alle Abflußschächte der Stadt gewandert und konnte erst hervorkommen, als ich wieder meine menschliche Gestalt angenommen hatte. Ich habe ihnen einen Stoß versetzt. Das war normal. Denn ich war die einzige, die jene roten Kügelchen besaß...

Jetzt wißt ihr alles; ich bin wieder eine Frau geworden, die Streunerin zwischen Exil und Tod; ich bin allein; ich werde meine Kinder nicht wiedersehen; ich gehe fort...

Harroudas Stimme verklang in fernem Gewoge; sprach sie noch? Wir wollten sie noch hören; diese Stimme war das einzige, was uns in der Tiefe des Brunnens erreichte; dort führten wir einen Kampf mit den Ratten, die sich an unsere Fersen hefteten, um uns in den Strudel hinabzuziehen. Wir waren die wenigen, die sich auf die an der Brunnenwand spiralförmig aufwärts führende Leiter gerettet hatten.

ز

Die Befreiung der Kinder und der Vögel geschah aufgrund einer allgemeinen Amnestie. Das war anläßlich des Maulûd-Festes. Die Vögel begannen wieder zu singen. Ein aufmerksames Ohr konnte aus dem Gezwitscher ein altes patriotisches Lied heraushören, ein Lied, das vor allem die Soldaten Guillaumes zur Wut reizte. Die Kinder gingen wieder zur Schule. Sie waren sehr brav. Wie richtige Kinder, hätte man sagen können! Etwas traurig waren sie auch. Niemand sprach mehr von dem Fest. Dieses Schweigen beunruhigte die Organisation der Verteidigung und des Friedens. Zwergpolizisten schlichen sich in die Klassen ein. Sie sollten die Rolle von Provokateuren übernehmen und alles berichten, was in den Pausen gesagt und gesponnen wurde. Dafür erhielten sie eine Reise nach Lissabon; die Würdigsten wurden in die Vereinigten Staaten geschickt.

4
Tanger-der-Verrat

Andere haben dem Rif den Rücken gekehrt.

Die Erde hat ihre Hoffnung verschluckt. Sie sind in die Stadt gekommen, um das Meer zu sehen und zu vergessen. Sie haben ihre Leiber erdfarben bepinselt.

wir werden nicht nach Fès gehen - die Notabeln haben dicke Bäuche und fette Hände - sie können nicht lachen

und wir strecken nun den Arm vor, um den Nebel der Enge zu betrügen - das andere Ufer zu bezeichnen - ohne es zu nennen - wir betrachten es, wie es sich entfernt - die Masse Sand trennt uns

am Eingang der Stadt hat uns ein Kamel gesagt, wir sollten unser Gesicht verhüllen, um besser die vielfältigen Verführungen links liegenzulassen und die Ankunft einer Frau zu erwarten; es hat einem jeden von uns ein Gerstenbrot gegeben und ist verschwunden

wenn es euch auch so geht, daß ihr das Gebirge verlaßt, um nach Tanger zu gehen und den Gesang einer Frau zu hören, die Verkündigung eines Vogels oder das Geraune einer Legende, dann müßt ihr den süßen Wind des Verrats zu erkennen verstehen bleibt an einem öffentlichen Brunnen stehen – in jenen Vierteln, wo eine Quelle alle Häuser versorgt – tretet an den Volkshaufen heran - lest die Spur des Labyrinths in den Augen eines Kindes, nämlich desjenigen, das sein Gedächtnis im Tal des verbotenen Gedankens verloren hat

wendet euch dann dem Meer zu - lest die Schrift der Wogen

wagt im Anblick des bebenden Gischtes, euch des großen blauen Gewands der zwei Meere zu bemächtigen - erwartet die Nacht des Felsens sie wird in einem Karren daherkommen mit austauschbaren Träumen - sie wird mit einem andalusischen Gesang kommen

früh am Morgen werdet ihr die Grabplatte des Heiligen und Herrn der Stadt, Sidi Bou Araqja, lüften - ihr werdet Wohlgerüche und Schlüssel dort finden

gebt seinen Kindern eine Opfergabe – opfert einen Stier oder eine Ziege – parfümiert euch, damit ihr später euren Körper in den Armen der blauen Königin von al-Andalus lassen könnt / der an den Vordersteven des Verlangens gelehnten Geliebten der Sandflächen / sie wird euch sagen, wie durch die engen Straßen der offenen Stadt zu gehen ist - wie die Liebe und die Erde zu sehen ist, im Verrat des Wortes, das sich erhebt, sich erhebt und zur Wolke wird - sie wird euch vielleicht ihre Geschichte erzählen, und ihr werdet ihre Sklaven

Meine Stadt hat die Vergewaltigung durch den in den Târik-Felsen eingemeißelten Adler erlitten. Die Straßen haben sich in der Furche des Träumens gebildet. Hütten sind aus dem Weihrauch des Paradieses entstanden: die Nomaden haben den Schatten des Olivenbaums verlassen und sind gekommen, um dem Meer auf der grünen Schwinge des in Erregung gehaltenen Vogels zu lauschen. Das Gebirge trägt auf seinen Flanken nur noch die Siechen, die seit dem Rif-Krieg der Umklammerung des Todes ausgesetzt sind. Sie rauchen Kif, den sie anbauen, und hausen in ihren Erinnerungen.

Die Stadt

Der Traum zerrinnt. Die Entzauberung ist langsam: die Schwalbe streift mit dem Flügel den Sand; sie verheißt Abwesenheit; sie bedeutet Woge und Schaum, beide versöhnt an der Schwelle eines sonnenbegnadeten Sicherinnerns.

Der maskierte Tod reist nachts auf einem gelehrigen Esel; er weigert sich, über dem sandigen Gestade des Morgens zu schweben; er war lange Zeit barfüßig und hatte die Stirn aus glattpoliertem Holz, bevor er der Wanderstern wurde, der beim Heraufdämmern des Tages erlischt; er tritt aus dem Fels heraus, eine flinke Klinge, und besingt den Zug des Schicksals.

Wenn ihr Verrat üben wollt in meiner Stadt, dann entziffert zunächst die Schrift der ersten Wanderungen...

Die Körper richten sich wieder auf. Das kommt von dem Verlangen. Das kommt von dem Wind des Ostens, der auf den Bildschirm aus Sand weht: der nackte Stein wird zur Frau mit dem verschleierten Leib. Die meergeborene Schrift kehrt zu den Zeichen der Woge / Frau / Kind zurück. Die Silben, kleinen Druckstellen gleich, entwerfen die Morgenröte in filzgepolsterten Symbolen. Die arabischen Wörter wechseln zum Nomadenblau hinüber, entthronen das Schicksal am Scheitelpunkt des Tages: es ist die Stunde, da der Traum in kleine Glassplitter zerspringt, die die Zunge in der Sonne aufleckt...

Tanger verbirgt sein Gesicht - es legt falschen Schmuck an - und belügt euch
es gibt keine Spuren - glaubt nicht den Büchern
es hat nie Ruinen gegeben - der Himmel hat alles ausgelöscht

(Tingi, eine römische Kolonie? Römer in Tingi?
Dann von den Wandalen besetzt?
Was für eine Geschichte?
Und was macht ihr mit den Ergebnissen der archäologischen Grabungen?
Ihr glaubt einfach nicht daran!
Also muß die unberührbare Schrift wiedergefunden werden…
Nein, das ist nicht ernst gemeint!
Ihr uriniert auf den Ruinen, während ihr tanzt…
Ihr lacht… Stellt euch das einmal vor! Stellt euch Tempel, Foren, antike Gerichtsgebäude vor… Stellt euch den Krieg vor… Ihr hört das Rauschen des Meeres - es ist nicht anders geworden! Ich habe Spuren gelesen… Ich bin mir sicher! Geht zurück!
Geht zurück!
Ein Kind spricht zu euch…)

Euer Schlaf endet auf dem Heimatlosenstrand, seit der Horizont angesichts wechselnder Ozeane ein Verlangen wurde. Ein Ambrapferd. Ein Kamel, das von Fès herkam, führt die Stadt in die Gefangenschaft; es öffnet seinen Bauch; es steigen Krüge herab:
Der erste Krug ist grün / mildes Gras
der zweite ist weiß / das Kind, von Verlangen übersättigt
der dritte ist blau / der Tod
ich bin das aus Fès verstoßene Kamel

ich bin das Kamel, das seinen Herrn gemordet hat - ein Weib namens Harrouda hat mich in ihrer Grotte versteckt - sie hat mir diese Krüge gereicht und ein Kind als Führer gegeben

sie hat mir geholfen, die Stadt zu verlassen, und hat mich nach Norden gewiesen, wo, wie es scheint, ein warmer Wind des Ostens weht, der die Leiber wäscht und die Gedächtnisse reinigt

ich bin bei dem Weh des Gesanges angelangt, mit dikkem Bauch und feuchtem Auge

hütet die Krüge

liebt dieses Kind

Harrouda wird euch aufsuchen - sie hat Honig gern und ranzige Butter

sie wird kommen - als Taube oder Sirene

bereitet ein Fest für sie vor oder eine Wallfahrt

seid großherzig zu ihr - ihr werdet ihre Liebe und ihre Segnung empfangen

Ich trenne mich von dem Kamel, und ich öffne das erste Stadttor. Das Ende der Reise. Die letzten Augenblicke des Gischtes. Ich schaue in die Runde. Die kürzeste Entfernung vom Meer zur anderen Hoffnung liegt Richtung Morgenröte. Oben, von der Kasbah – unserem Wunderturm –, hebt ein Storch zum Flug ab und schneidet den Himmel, daß er blutet: die Parabel des Wartens.

Als Kind aus Fès betrachte ich, was ich zuvor nie gesehen hatte: den Gischt / das Meer.

Grüner Gischt.

Zusammenfügung zweier Meere, Trugbild in der Nacht des Geständnisses, es macht mich trunken und hält für mich einen Sternenvorrat bereit. Es ist Lapislazuliversprechen, sagt der Orient. Es ist der Schleier der Liebenden, den die Woge gegen die Tuniken der Sandflächen spült. Es ist das Fieber des Windes von hoher See, sagt der Schmuggler. Der Gischt reist in das Reich der offenen Leiber, sagt Ibn Battuta.

Die Verschwenderhand nennt die Unschuld, die uns fehlt - und dann - durchbrechen die blinden Wogen den Fels der dahinziehenden Jahrhunderte.

Eine Stimme lichtet den Anker / Legende
sie ist unser Anderssein.

Herkules kommt bei Tage nicht mehr hervor. Er wird der Gefangene in den Grotten bleiben. Ein Verdammter. Er ist von der Sirene der Finsternisse verflucht worden, weil er es gewagt hatte, Kalpe von Abila zu trennen. Sie hat ihm diese Kühnheit, die ihrem Wunsch zuwiderlief, nicht verziehen. Dann ist er ein Zwerg geworden; er bringt die Mühlsteine zum Lachen. Was für ein Jammer!

Seine Vermählung mit der Sirene war seine erste Wunde: als er seine plötzliche Impotenz entdeckte, stürzte er sich ins Meer. Aber er wurde von den Häschern der Sirene wieder herausgefischt, und sie erneuerte seine Verdammnis. Er versuchte mehrmals, jedoch vergeblich, seinen Körper, der ihm den Dienst versagte, zu verstümmeln. Er verkroch sich in die Schwärze, um dort zu weinen. Es heißt, er sei von einem erbärmlichen Zirkus gekauft worden, um die erkrankten Clowns zu vertreten. Andere wollen wissen, daß er immer noch in der Grotte lebt, aber unter verändertem Äußeren. Er ist der Führer, der euch begleitet und euch seine eigene Legende erzählt. Wenn ihr euch über ihn nicht lustig macht, reicht er euch auch ein Glas Tee. Tut wenigstens so, als würdet ihr ihm zuhören, und trinkt auf sein Wohl!

Das Kamel hat mir anvertraut, daß eine andere Sirene kommen und die Legende in Abrede stellen wird. Sie wird an der Spitze eines Zuges Kinder / Vögel erscheinen und sich nackt auf dem Strand niederlassen.

Târik ibn Sajjâd – ein begnadeterer Krieger als Herkules – hat aus dem Meer heraus unseren Seitensprung gemacht. Um seine Männer zum Kampf zu bewegen, zögerte er nicht, ihre Schiffe zu verbrennen: eine neue Gewalttat hat das verschleierte Meer mit der in Besitz gebrachten Erde verbunden; die Ansprache wurde das Band; das Wort, das der Wind der Meerenge mit sich führte, fiel, in Flammen aufgegangen, in die Wogen:

Vor euch der Ozean…
hinter euch der Feind…

Tatsachen waren geschaffen.
Das Wort im Vormarsch über andere Steine.
Textgetreu unsere Gewalttätigkeit mit Brandwunden behaftet.

Der Feind rückte heran. Der Wind trieb ihn zurück.
Târik kannte seine Männer genau.
Indem er die Schiffe in Brand steckte, ließ er den Kriegsplan gerade aus den Voraussetzungen der Ohnmacht erstehen.

Mit diesem Bild haben wir einen Helden geschaffen, einen echten. Wir haben Flaschenböden längs der Mauer aufgereiht, um den Helden und sein Abbild zu bewahren...

Heute ragt der Târik-Felsen ins Mittelmeer wie eine letzte Herausforderung: Rückflut eines Befehls, der sich in die Zeit zurückzieht. Die ewigen Sandflächen versetzen diese Erinnerung in die Durchsichtigkeit der Gebärde. Das ist wahr! Wir liebten diese Geschichte. Wir lernten Târiks Rede auswendig... Das ist wahr! wir haben Flaschenböden aufgereiht... Wir brauchten nur einen fröhlichen Anlaß, eine Ansprache, und schon hatten wir den Helden erschaffen...

Zugrunde gerichtet, verläßt der Ozean unser Gestade. Er verläßt den Ort der Einbuße und hinterläßt uns die Bitternis. Wir, die nichteinmal mehr eines Korsarenlebens würdig sind - wir weichen in die Lüge und ins Träumen zurück - manchmal kommen die Winde wieder und lassen unsere Wunden aufbrechen - Tanger hat Târik vergessen - er kehrt dem Felsen, der seinen Namen trägt, den Rücken zu. Heute verweist uns dieses Gebiet auf Überbleibsel, die wir sodann an verrückte und hellseherische Poeten weiterverkaufen. Diese Poeten haben unsere Lüge am Zugang zur Dauer angesiedelt. Sie versuchen durch den Kif-Rauch andere Texte zu lesen, andere Bilder zu schauen. Eines Tages haben sie, als sie auf der Terrasse des Café Central saßen, die betrunkene Sirene gesehen. Diese wollte von ihnen, daß sie ihr anvertrauten, was sie in Tanger zu suchen beabsichtigten. Sie holten ihr Geschlecht hervor und urinierten sie an. Man erzählt, daß die Sirene ihnen den Kif und den Opiumkaugummi acht Tage lang entzog…

Tanger, »eine Taube in einem schmachvollen Käfig«! Taube oder Perle, egal; Hauptsache ist, daß man Blut vergossen hat, um sie vor dem Schicksal, dem schurkischen, zu bewahren.

An einem Morgen des Jahres 1437 habe ich den König Ferdinand I. von Portugal beten hören, bevor er den Infanten mit einer gefährlichen Aufgabe betraute:

Mit Gottes, des Allmächtigen, Hilfe werden wir das Kreuz oben auf der Kasbah aufrichten.

Wie sollte auch zu begreifen sein, daß diese Mauren sich abseits von unserem Glauben halten, fern der Wahrheit und fern von Gott?

Deshalb beauftragen Wir Euch, mit dem Schwerte, falls nötig, die Tugend und das Glück in die barbarischen Orte hineinzutragen.

Ihr werdet mit einer Armada aufbrechen.

Wir werden am Ende diese Mauren zu unserer Religion bekehrt sehen können. Sie werden zum Wohl der Menschheit sich unseren Reihen anschließen. Das ist Unsere Pflicht.

Meine Nächte werden ruhiger und angenehmer sein… Ich werde dann auch eine Araberin ehelichen…

Fischer sahen als erste die Armada herankommen. Es wurde Alarm gegeben. Von der Kasbah dröhnten die Kanonen, und die landenden Truppen wurden in die Flucht geschlagen. Der Infant lernte die maurische Erniedrigung kennen: als er gefangengenommen worden war, beschnitt ihn der Bader des Kasbahviertels. Dann wurde er nach Fès gebracht, wo er Gefallen an der Sodomie fand.

Man sagt, die Taube habe ihr Leben hingeben müssen, um die Überlagerung der schweifenden Gedächtnisse zu retten. Die Überlagerung der Kontinente und der Meere hatte ihr Double, aus dem Schatten geboren: den Wind / bald den des Ostens, bald den des Westens. Er wurde in der Nacht Freund und Mitwisser jener, die das Träumen nicht länger ertrugen, die sich verstümmelten, sich mit rotem Wein und mit Hundepisse übergossen und sich an den letzten Stern klammerten. Sie kamen nach der Berberei, um auf einen fahlen Körper die Linie des Glücks zu zeichnen, und entfernten sich und liefen auf den Strand auf, ihres Zerfalls genau bewußt, das sahen sie. Sie schlossen die Augen und stießen Röchellaute aus: sie glaubten, die Sonne zum Aufsteigen bringen zu können! Als die ersten Strahlen das Ufer trafen, waren sie bereits in tiefen Schlaf versunken.

Die schweifenden Gedächtnisse haben zu allen Zeiten das Glück und den Riß in Tanger erlebt...

Andere, im Fieberwahn befangen.

Ich erkannte die Stimme Karls II., als ihm die Stunde des Todes schlug. Er war gekommen, um sich auf dem Sand zu wälzen - um zu weinen und zu vergessen.

Er hatte, als er Katharina von Braganza heiratete, Tanger als Brautgabe der englischen Krone eingebracht,

Blechbüchsenbrautgabe!

Luftschloßbrautgabe!

welche Kühnheit!

die Stadt hatte ihre Liebenden. Die schweifenden Gedächtnisse waren bereit, für sie zu sterben. Karl II. wurde gefangengenommen und auf dem Hauptplatz verurteilt. Man pflanzte dem armen Christen ein Virus ins Blut. Als er syphilitisch war, verließ er seine Frau und wurde zum Streuner. Man begegnete ihm später als armseligem Rauschgifthändler. Der Fluch lastete auf ihm seit dem Jahre 1661!

Sein irrsinniges Treiben ermüdet die Passanten. Er erzählt immer wieder seine Geschichte, aber keiner glaubt sie ihm... und doch muß sie geglaubt werden... Was für eine Geschichte! Ein heruntergekommener Fürst, der seine Verrücktheit durch die Jahrhunderte mit sich herumschleppt. Tanger als Brautgabe anzubieten wagen!

Unkenntlich geworden, lebt er an der Mole zwischen zwei Felsbrocken.

Die Bäuerinnen aus dem Fahss schreiten oft über den gefallenen Fürsten hinweg, wenn sie »zu Geschäften« in der Stadt sind. Sie kommen, und der Markt quillt über von Säcken mit Kohle, von Hühnern, die mit Körnern gefüttert wurden, und von Ziegenkäse. Der Markt (der Socco grande) gehört ihnen am Donnerstag und am Sonntag.

Wir wenden uns vom Meer ab und der heißen Stimme und dem listigen Auge der Frauen aus dem Fahss zu sie sind versucht, uns glauben zu machen, daß sie aus den Meeren kommen / Sirenen, die ein paar ungeschickten Fischern entwischt sind / - aber - aber ihnen ist etwas von der braunen Erde des Rif in der Stimme und im Blick geblieben.

der Tausch ist schnell getan

ihrer Lasten ledig, treten sie den Heimweg an

das ist das Ende des Tages und der Beginn einer langen Nacht für die Körper, die nun erwachen

bei Eintritt der Dämmerung spricht die Erde unter der gegerbten Haut dieser Frauen, die unterwegs das Abenteuer der verrückten Liebenden schreiben:

Abdel Krim al-Khattabi organisierte seine Armee und bereitete den Krieg gegen den spanischen Okkupanten vor. Seine Soldaten waren sämtlich Söhne des Waldes. Als Liebende der braunen Erde ließen sie sich von ihren Wurzeln umfangen und schliefen in ihrem Bett. Sie wurden Eingeweihte der Gewalt und Herren der Herausforderung. Ein Soldat trieb die Herausforderung bis zur Treulosigkeit.

Wie kann es einer wagen, der Erde treulos zu werden, wenn er sich der Armee des Abdel Krim angeschlossen hat?

Der Soldat ging nach Tetuan, um sich eine Frau zu nehmen.

Wie konnte einer einer Frau den Vorzug vor der Revolution geben, die in Vorbereitung war?

Nachdem der Becher der Schande geleert war, wurde aus dem Körper des Abtrünnigen eine Narbe, die vor Versen des Schmerzes schützte - der Fluch folgte ihm bei seinem Umherirren - Seine Komplizin entfloh und bot in

Tanger ihre Nächte den eiligen Durchreisenden an. Das Schicksal führte sie später auf einem Schiff zusammen, das vor einer der Baleareninseln strandete. Der Soldat wurde ein Affe und die Frau eine Kröte. Aber den Gebrauch des Wortes behielten sie. Ein Spanier fing sie ein und verkaufte sie an einen einäugigen Magier.

Das war das Schicksal der unwürdigen Liebenden
Liebende, die die braune Erde des Rif verflucht hat...

Abdel Krim!

Abdel Krim al-Khattabi!
Ho Chi Minh sagte von ihm: »Er ist der Vorläufer!«

Ich werde zuerst seine Siege über Spanien, das katholische, nennen:

Anual / General Silvestre
Mont-Arrui / General Navarro

Ich werde dann von unserer Niederlage sprechen - die Kapitulation

Targuist / Kapitän Schmidt
General Naulin
Marschall Pétain
Sein Exil Nummer 1
Das Paketboot Abda / die Insel Réunion
Sein Exil Nummer 2
Das Paketboot Kotoomba / Landung in Port Said
Kairo
Lehrer - Kadi - Emir
Abdel Krim, warum deinen Namen nennen?
Das Gebirge ist friedlich.

Wir sind aus Ajdir; wir gehören zu den Beni Ouriaghel im Rif. Wir sind direkte Nachkommen der Oulad Si Mohammed ben Abdel Krim, stammen aus dem Hedschas, genau aus Yambo, an den Ufern des Roten Meeres. Unser Vorfahr hieß Zarra aus Yambo. Meine Familie ließ sich im dritten Jahrhundert nach der Hedschra in Marokko nieder. Demnach ist seit mehr als tausend Jahren das Gebiet zwischen der Bucht von Alhuceimas und Targuist unsere Heimat.

Abdel Krim: ein Gedächtnis hat überlebt.

Die Schrift hat sich dem Wort hinzugesellt; das Ganze öffnet sich zu einem Buch; man hat versucht, es bei uns in Vergessenheit geraten zu lassen; wir sagen heute, daß es unmöglich geworden ist, es bis in alle Ewigkeit zu verdrängen.

Abdel Krim, wir wollen wissen...

Die Spezialisten reißen sich um das Manuskript:

- er, Abdel Krim, gehört mir... er hat mir Dinge anvertraut...
- nein, für mich ist er der tapfere Krieger, der Revolutionär...
- ein Betrüger!, den Fremden traute er nie...
- ein Fälscher!
- beruhigt euch!, ich bin als einziger autorisiert, über Abdel Krim zu sprechen.

Als Kriegskorrespondent des »Matin« bin ich durch die spanischen Linien hindurchgekommen und habe Abdel Krim in seinem Lager befragt und ihn schließlich um eine aufrichtige Stellungnahme gebeten, die er an Bord des Paketbootes »Abda«, das ihn ins Exil trug, unterzeichnet hat.

Ich habe als einziger mit dem Chef des Rif und mit seinem Bruder Si M'Hammed gesprochen.

Abdel Krim erachtet alle Erklärungen aus zweiter Hand, die man in seinem Namen abgeben und veröffentlichen könnte, für null und nichtig.

– Fremder, du hast ihm in den Mund gelegt, was du hast sagen wollen...

Ich befrage das Buch...

Aber wer besitzt es?

Ein Buch ist der Beginn einer Reise, die vorgegebene Wegstrecke.

Wer hat es gelesen? Wer wird es zu lesen verstehen?

Das Auge.

Das Gedächtnis.

Das Gedächtnis des Rif.

Die Tochter des Windes.

Die Sirene.

Die Kinder / Vögel.

Das Ambrapferd.

Das blaugefärbte Kamel.

Die Waise von Fès.

Das Geschehen spielt sich anderswo ab. Also auf in den Wald!

Wie von Abdel Krim sprechen, wenn man nicht Historiker ist? Dem Wort das Gewicht nehmen, sich für das Anhören entscheiden. Baum oder Stein. Abdel Krim ist kein Heiliger, der sich unversehrt aus dem Grab erhebt. Abdel Krim ist ein Mann, ein Krieger, ein Kämpfer... Bürger aus Ajdir, Lehrer in Melilla, Kadi, dann Emir.

Wir wiederholen, was andere schon gesagt haben, daß sich Alfons XIII. nicht von den blutigen Niederlagen erholen konnte, die seinen Truppen von dem Emir zugefügt wurden. Anual; Mont-Arrui; der Unterschied aus Schlamm und Blut, der uns von Spanien trennte

Melilla.

Ich war Lehrer in Melilla.

1496: die Spanier setzen sich in Melilla fest; eine echt katholische Besetzung!

Nach dem Fehlschlag von Anual fluteten die spanischen Truppen in Richtung Melilla zurück. Den General Silvestre ereilte sein Schicksal während der Schlacht.

Das spanische Mißgeschick wurde durch die Niederlage von Mont-Arrui vollkommen, als wir General Navarro und zwei Oberste gefangennahmen. Nach dieser Schlacht war ich bis vor die Mauern von Melilla vorgedrungen... Dort machte ich halt...

Wir haben den schwersten Fehler begangen, als wir Melilla nicht besetzten.

- 1. Februar 1922. Abdel Krim wird zum Emir des Rif ausgerufen.

Der Emir ohne Ideologie.

Der Emir im Exil.

Die Geburt des Vergessens.

Vom braunen Land zu den Zuckerrohrfeldern.

Als Tatmensch hat der Emir unter der Trennung von seinen Bergen und seinen Männern gelitten. Es kam für den Kämpfer die Zeit des Nachdenkens.

Wie die Erniedrigung des Exils durchleben - sich die Hoffnung erhalten - sich in die Verstümmelung schicken

Zu einem anderen Kontinent gebracht, wie konnte ich da noch von der Befreiung und Vereinigung des Landes träumen?

Unter dem Anschein einer gewissen Großzügigkeit war der französische Kolonialismus noch grausamer.

Man hatte mich zwar nicht von meiner Familie getrennt, aber ich hatte kein Vaterland mehr. Ich lernte die Einsamkeit kennen, die Einsamkeit, die meine Identität auslöschte. Ich sollte aufhören zu existieren ... sollte allmählich verschwinden. In jener Zeit verließen Kaïds, Feudale – meine Kampfgefährten –, einer nach dem andern, das Rif, sie fanden Gefallen am Handel und an Geschäften; sie haben sich in Tanger, Tetuan, Alhuceimas niedergelassen ... Einige haben sich nach Melilla und Ceuta zurückgezogen und sich mit der Ordnung des Okkupanten angefreundet ... Sie verrieten das Rif ... Sie verrieten das Land ... Diese Menschen waren eben nicht Männer des Volkes; sie kamen zu mir, unterstützten mich, weil sie annehmen mußten, meine Autorität und meine Regierung könnten ihre Interessen sichern ... Ja, im Rif-Krieg gab es keinen Klassenkampf ... Wir hatten als vordringliches Kampfziel: das Land befreien, den Feind besiegen. Der Besatzer bedrängte uns von allen Seiten, seiner momentanen Überlegenheit mußte etwas entgegengesetzt werden, sie mußte entmythifiziert werden.

Ich habe alles versucht, um Flugzeuge zu bekommen; ich wollte dieses Land überfliegen - meinen Männern erneut etwas für ihren Stolz geben - den Spaniern auf der Nase herumtanzen, wie man sagt!, also Stellung gegenüber jenen beziehen, die uns verachteten, uns als moderne Nation durchsetzen.

Anual.

Mont-Arrui.

Die spanische Monarchie verlor das bißchen Ansehen, das ihr nach den zwei Niederlagen ihrer besten Generäle geblieben war.

Lyautey.

Der sagte: »Ich liebe die Rifbewohner, so wie sie sind, aber ich will nicht, daß sie groß werden...« Deshalb mußte Frankreich den Marschall Pétain persönlich hinschicken, von General Naulin unterstützt, um zu versuchen, daß die Revolution schachmatt gesetzt wird... Sie haben auf ihren Kopf gezielt! und haben sie enthauptet...

Seit ich in Kairo bin, wirke ich durchs Wort; ich erlasse Aufrufe... für die Unabhängigkeit... für die Befreiung... für die Emanzipation des Volkes... Ich langweile mich...

Die restliche Zeit verbringe ich damit, daß ich mir den Tod zum Gesellen mache - den schleichenden Tod - den milden Tod - den Tod, der mir als einstigem Soldaten fremd ist - den zivilen Tod - den unwürdigen Tod

Fern vom Land, werde ich ein Mythos oder eine Legende werden... ich werde ein Stein werden, ein Klumpen schwarze Erde, ein isolierter Held, ein beinloser Krüppel...

Ich werde zu dem Land zurückkehren.

Ich werde verschleiert zurückkehren... Es gibt noch Ecken, wo die Scholle zu euch sprechen wird... Welche Sprache? Das weiß ich nicht... Hört den Wind des Nordens... Hört den Baum: er beherbergt eine Frau; man sagt, sie sei verrückt! Ich glaube es nicht... Eines Tages wird sie hinunter in die Stadt steigen und unserer Geschichte eine Stimme verleihen... Seid großherzig zu ihr...

Fès, Ort von welcher Schreibart?

Stadt des Wortes und des Buches. Das kann kein Schlachtfeld werden, aber über den Krieg wird dort viel debattiert... Ich hätte sie fast befreit. Ich stand 27 Kilometer vor ihr. Auf meinem Weg traf ich auf keinen Widerstand... da zögerte ich... ich fürchtete eine Falle. Ich machte kehrt und zog mit meinen Leuten nach Norden.

Tanger.

Ort des Verrats - Verrat und Korruption der Menschen - dort fanden sich alle zusammen, die in Hotelzimmern seelenruhig Pläne ausarbeiteten, um die Minen des Rif zu plündern und das Volk zu knechten. Ihre gegenseitige Konkurrenz schloß aber den Gedanken an ein gewisses Aufteilen nicht aus: sagen wir, wenn die einen das Kupfer (oder vielleicht das Gold) von Jbel Haman bekommen sollten, würden sich andere das Eisen der Beni Touzine nehmen und wieder andere das Blei der Beni Arous!... Sie stellten sich mir vor (Colonel Barry, Engländer / Hacklander / Deutsche / Malmussi / Italiener) als Waffenlieferanten und als vom Himmel herabgestiegene Retter...

In Tanger hielten die Jbala (die Bergbewohner) den Handel in ihren Händen und versorgten uns mit Lebensmitteln. Aber Tanger war immer der Ort der Versuchungen gewesen: man verriet dort jede Ordnung. Ort des Mißtrauens. Jeder Mensch trägt ein Rätsel mit sich herum: durchsucht ihn, und ihr werdet in seinen Taschen unentzifferbare Schriften finden... Ein wirres Wort. Das Geschehen spielt sich anderswo ab. In den Rifbergen oder auf den Meeren. Geht durch die Stadt und versucht, den beiden Verrätern zu begegnen. Seliman Katabi und Amar, beide Agenten im Auftrage Spaniens, im Dienste eines Aizpuru und eines Berenguer; fragt sie, und ihr werdet neue Rätsel entstehen sehen... Quer durch diese geht das trügerische Schicksal...

Ich habe erfahren, daß sich ein Mann als Schicksal verkleidet und den Verrätern ein Fest gegeben hat. Die Gäste betranken sich, allesamt, und kopulierten mit ihrer eigenen Nachkommenschaft! Tags darauf ging ein heftiger Regen nieder, lauter große Steine. Den Verrätern geschah nichts:

Bou H'mara

Oberplünderer; er wurde von Spanien geduldet; mein Vater und Mohammed al-Khamlichi mußten einen Bloc oriental schaffen, damit den Abenteuern des Oberplünderers ein Ende gemacht wurde.

Ihr wißt, daß man ihn in einen Käfig gesteckt hat und in der Stadt umhergeführt hat. Dieser Käfig wird jetzt noch im Museum El-Batha in Fès gezeigt.

Seine Spießgesellen, die überlebt hatten, stahlen seinen Leichnam und verbargen ihn im Bauch einer Eselin... Es geht das Gerücht, daß er auferstanden sei und in Taza in einer Grotte lebe, wo er seinen Rachezug vorbereite...

Seliman Katabi

traditioneller Verräter.

Elender Spion.

Es heißt, er habe meinen Vater vergiftet und den Kif-Anbau in den Ebenen der braunen Erde vorangetrieben...

Ist nicht so wichtig.

Amar

mieser Spion.

Wir ließen ihn machen.

Ihn hat die Krankheit, die »die Blume« heißt, dahingerafft.

Ich werde zu dem Land zurückkehren.
Ich werde verschleiert zurückkehren...

Hat das Leben Gestalt gewonnen, verliert es sie wieder in Tanger, in kleinen Sätzen, wo »der Ruhm ein sinnentleertes Wort ist«.

Ein geblendeter Maler sagte von den Frauen, denen er auf den Straßen dieser Stadt begegnete: »Ihre Unwissenheit versetzt sie in ihre Ruhe und in ihr Glück.«

Das ist nicht richtig.

Weder Unwissenheit noch Ruhe noch Glück.

Nur die Farbe ist wahr - konkret und überwältigend - Nur die Farbe ist in Leiber eingepaßte Gewalt.

Habt ihr jemals hineingeblickt – wirklich hineingeblickt – in die Augen der Männer und Frauen des Rif geblickt?

Nein, dann tretet zurück.

Schaut auf die Landschaft: den die Dinge sichtbar werden lassenden Bildschirm.

Schaut auf die Enge von Gibraltar.

Lest die Legende.

Den seltenen Vogel.

Ihr werdet zwei Gesichter sehen (das andere ist eine Farce), aber das eine das Vergessen des anderen.

Was soll aus diesem Ort werden, wenn ihr nicht – einmal zum Verrat fähig seid? Und was sollte man dort noch machen?

Das Gedächtnis vervollkommnet die Krümmung des Himmels. Das Kind, das euch an seiner Einsamkeit teilhaben ließ, hat eine neue Liebe in einem Baumstamm gefunden, in einem Stück Himmel im spröden Versprechen des Gebirges.

Schreitet durch diese Worte hindurch.

Am 29. Februar 1832 schrieb Delacroix aus Tanger: *»... wenn Sie irgendwann ein paar Tage zu verlieren haben, dann kommen Sie in die Berberei, dort werden Sie das Natürliche sehen, das in unseren Gegenden immer maskiert ist, und Sie werden außerdem den herrlichen, einzigartigen Einfluß der Sonne verspüren, die jedem Ding ein auf seine Umgebung einwirkendes Leben verleiht ...«*

Die Zivilisation ist ein Schorfbelag - aber das Natürliche ist ein Wertabzug, den die Barbaren seit der Invasion der Beni Hillal mit sich herumschleppen. Ziehen wir uns zurück, solange die Zeichen lodern.

Wir - wissen es - nicht mehr.

Wir überlassen anderen das Privileg, den Zeichen des Himmels auf den Grund zu gehen.

Hören wir den Gesang der Frauen des Fahss. Die Stimme ist verstellt.

Die Gesichtsfarbe. Es gibt keine Gesichtsfarbe.

Der Blick trübt die Horizontallinie - bedroht die von rechts nach links laufende Schrift - bedroht den schwierigen Schlaf der Stadt - löscht die Träume aus - weiße Substanz.

»... die Menschen hier haben nur eine Decke, in der sie umhergehen und schlafen und begraben werden, und dabei sehen sie zufrieden aus, etwa wie Cicero auf seinem kurulischen Stuhl ...« *Tanger, 29. Februar 1832*

»... sie sind auf tausenderlei Weise der Natur nahe: durch ihre Kleidung, durch die Art ihres Schuhwerks...«

Tanger, 28. April 1832

Der Gipfel der Zermürbung.

Knoten gibt es da nicht. Die Natur hat Aussatz. Die Sorglosigkeit. Das Licht ist Gesang. Anhäufung von leeren Zeichen.

Was es nicht gibt: weder geistige Schönheit der Einfachheit noch objektive und konkrete Schönheit der Einfachheit

noch überhaupt die Einfachheit

aber dahinter und weiter entfernt (Antonin Artaud)

den Verrat

der immer da ist - nicht immer sichtbar - der Wasserträger verrät die dahinziehenden Zeichen schmückt die Farce - der Kif-Raucher verrät die Lesart - ein wirklich Vorhandenes räumt ein anderes aus - der Schmuggler verrät den Wortzusammenhang - die zutreffende Lesung des Tauschgeschäfts - der Homosexuelle verrät das Geschlecht - schreibt die Drehbewegung des Körpers nieder in den kleinen Häuschen von Beni Makada

da also

»Diese Stadt / Tanger / hat für mich so gut, so herrlich den Verrat dargestellt, daß ich, wie mir scheint, nur da anlegen könnte...« (Jean Genet).

Der Dieb ist in Tanger an Land gegangen. Ihm stand auf der Stirn, sichtbar für alle, das Wort geschrieben: *Verräter.* Die fabulöse Stadt. Das Symbol für Verrat, schlechthin. Eine Gegend offen für das Abenteuer des Spiels und des Todes. Die an den Meistbietenden verkaufte Stadt. Die gestohlene Handschrift. Das blutbefleckte Gewand einer Jungvermählten. Der Schleier des Sklavenkörpers.

Die verschleierte Liebe zweier Mädchen. Der verwundete Vogel der Sandwüste.

Es ist wahr

»die Filme und die Romane haben aus dieser Stadt einen fürchterlichen Ort gemacht, eine Art Spielhölle, wo die Geheimpläne aller Armeen der Welt von den Spielern verhökert werden«, der fürchterliche Ort einer kommenden Gewalttätigkeit

Peter Cheney trinkt seinen Scotch und hat die Hand am Colt - Mann mit den zwei Gesichtern

Al Capone würde ein paar Tage bei einer Frau im Viertel Bnider ausgespannt haben - er würde mit einer Krankheit weggehen, die man die Blume nennt - die Angst dringt durch Wände - man sieht schon die Gefahr

»Tanger ist eine Zone der Gefahr und der internationalen Machenschaften geworden... Um gegen die sowjetischen Agenten zu kämpfen, bedarf es der spanischen Polizei, weil auf deren Antikommunismus Verlaß ist« (die Madrider Tageszeitung YA, 8. Mai 1952)

ein Schmuck und eine Lesart

der Tod fährt auf einem rosa Fahrrad

Jungen, mit diesem und jenem Geschlecht versehen, schlafen nackt auf dem nassen Strand

sie sind zum Verraten bereit

der Vorüberkommende muß nur lesen können

wenn sie nicht am Strand sind, sitzen sie in den Cafés solcher Viertel, die die Europäer aufsuchen

sie legen ihr Geschlecht auf den Tisch und warten - bald sind sie ins Geschäft eingeweiht, aber sie bewahren die Zweideutigkeit der Gestik und des Blickes

Auslage und Angebot in Symbolischem

sie sind sich der Ungleichheit des Tausches bewußt / einer produziert das Vergnügen; der andere gibt das Geld

/ der betont den Unterschied durch Angriffslust der Körper des Jungen genießt in der Erniedrigung, die er dem anderen aufzwingt

der meint, ihn in seiner Würde zu »durchstoßen«: die Sodomisierung wird als der Gipfel der Erniedrigung angesehen

der Homosexuelle als Umherreisender (oft reich), der nach Tanger kommt (weil man ihm von diesem feenhaften Ort erzählt hat, wo alle Arten von Verrat möglich sind), weiß nicht – kann nicht wissen –, selbst wenn er eine unglaubliche Situation ausnutzt, wo Körper sich für fast nichts anbieten, wie er von diesen Körpern gesehen und eingeschätzt wird:

Mittäterschaft gibt es kaum

die »Schande« geht zu Lasten des anderen, denn er ist es, der an diese (heißen) Orte kommt wegen der Übertretung

dieser Reisende besitzt einen »Sinn«, der ins Leere zielt

er gibt sich dem Araber hin, dessen Elend der Beginn dieser Situation ist

er hat die Genugtuung, die Übertretung seiner eigenen Moral mit dem Geschlecht zu begehen auf der Schwelle der orientalischen Dauer, von der er nur den Aspekt der Verführung kennt

tatsächlich gibt es nur eine Illusion dagegen zu tauschen

nichts gelangt in Umlauf - nichts findet einen Übergang - zwischen ihnen (es sei denn das Sperma)

bei diesen Beziehungen stellt sich der Unterschied sofort ein: von vornherein ist die Entscheidung für oder gegen »ins Durcheinander geraten« zwei Spannen Zeit begegnen sich, ohne daß sie sich berühren

zwei Vorstellungen von Vergnügen und von Schande

der Junge denkt, dem Westler Schande zu bereiten: er ist stolz und kann darüber lachen

der Stolz ist Männlichkeit

diese »ziemlich einfache Homosexualitätspraxis« entspringt der bestehenden materiellen und sexuellen Not

der Fremde erlebt eine gewisse Form von *Schuldgefühl*, das er zu bemänteln und zu vergessen sucht, indem er in jene Länder kommt, wo die Praxis leicht zu bewerkstelligen ist

Tanger ist seit langem dieser Ort, wo man sein Schuldgefühl zu verlieren hofft

»Ich bin aus dem Gebirge. Man hat mir gesagt, in Tanger sei alles möglich. Als dies und als das habe ich gearbeitet. Meine Kameraden schämen sich nicht; sie legen sich mit offenem Hosenschlitz in den Sand; sie warten, daß die Touristen sie sehen; sie schmieren sich Brillantine ins Haar, kauen Kaugummis und rauchen amerikanische Zigaretten. Sie tragen die Kleidung der Fremden.

Aber ich setze mich ins Café, ins Gran Café de Paris … Das ist anständiger!

Ich zapfe sie an … ich lasse sie zahlen und ich lache. Sie bringen mir Geschenke, und wenn sie abgereist sind, schikken sie mir Geld. Welche haben mir vorgeschlagen, mit nach Europa zu kommen … Dem habe ich nicht getraut, denn ist man erst einmal dort, dann können sie einen fallenlassen.

Auf gewisse Weise besitzen wir sie. Sie geben sich untereinander die Adressen und sagen uns, sie würden uns lieben …

Mit ihrem Geld geht's zu den Huren.«

Tanger ist dieser Traumort geblieben, wo sich die Träger fremder Zeichen gegenübertreten: jeder hat seine Couleur, sein Parfüm, seinen Schleier, jedoch mit der gemeinsamen Absicht: unsere Zeiträume auszuloten und unser Verlangen an sich zu reißen; deshalb sollen wir für sie Folklore und Exoten sein.

Das Bild.

Die Darbietung.

Verlockung zur Lüge.

Das Vergnügen, in vierundzwanzig Silben pro Sekunde zerlegt, beschrieb auf weißem Papier den faszinierendsten Aspekt des Verrats. Aber Tanger wurde dieses Mal auf äußerst mittelmäßige Art betrogen:

Tanger in lächerlicher Kostümierung, mit Hollywoodfarben geschminkt, mit der Pappmaché-Kasbah und der im einfallenden Licht gefilmten Großen Moschee. Es mußte seinen Körper für Tätowierungen hinhalten, über die der Wind des Ostens hinwegstrich, ohne eine Spur zu hinterlassen, während die papiernen Figuren in unserer Phantasie verkohlten.

Tanger schlecht gefilmt
ein schlecht geliebter Körper
Tanger in schlechter Schreibart
Es nennen - es darstellen - das hieß es zerstören
Die Stadt lebte verschleiert im Körper eines jeden

Wie konnte man sie entkleiden und nackt liebkosen wollen?

Wer die Vergewaltigung gewagt hatte wurde von dem Fluch der Schande hinweggefegt.

Die Frauen aus dem Fahss verbergen vor den fotografierenden Touristen ihr Gesicht hinter ihrem Pantoffel

und dennoch

das Bild ist in die Stadt eingedrungen

das Bild des Seijidna Antar, dessen Schwert den Leib des Ungläubigen durchbohrt

die Hand - die fünffingrige - tätowiert, für alle Talismane

die Fotografie der Kaaba, in Millionen Exemplaren verbreitet

das Porträt der Umm Kulthûm

das Plakat *Und Gott schuf das Weib*

Vera Cruz

Die Tunika

Die geborstene Lanze

Zwei Kinos, einander gegenüberstehend: *Alcazar* und *Capitol*.

Zwei Kinos, in die wir einen Vorrat an Sternen und an Traum mitgenommen haben. Die Wahl des Films beruhte auf einfachen Kriterien: die Hauptdarstellerin; Abenteuer – Handlung – Gewalt (auf einer Tafel war die Anzahl der Krawallszenen vermerkt); die Frauen (was sie sehen ließen; die Anzahl der Küsse)...

Täglich ein neuer Film; eine gewisse Gewalttätigkeit extra; wir überließen das Nachdenken denen, die die Beteiligung an der Lüge von sich wiesen. Für uns ist der Film eine Aufforderung zum Spiel. Man geht ins Kino, um zu spielen. Wenn uns der Film nicht in sein Spiel einbezieht (mangels Handlung oder Gewaltakten), wird er abgelehnt, dann wird seine Vorführung verhindert. Einmal mußte die Vorführung des Films *The Big Knife* von Robert Aldrich abgebrochen werden, weil da viel zuviel geredet wurde und sich nichts vom Fleck bewegte. Das Publikum brüllte im Saal. Der Ersatzstreifen war ein herrliches Abenteuer. »Der tapfere Zarak«, ein Film von Terence Young, mit Victor Mature in Tetuan gedreht...

Das Schaustück, der Ort der Mittäterschaft; die Identifikation mit dem Helden, der Diener der Verstellung, ist sofort und vorbehaltlos da. Der Saal ist ein Festplatz. Man beklatscht den Helden; man ruft ihm zu; man beschimpft ihn; man beglückwünscht ihn; man liebt ihn, und draußen spricht man immer noch mit ihm.

Heute ist der Ort des Festes traurig anzusehen.

Alcazar und *Capitol* haben jetzt rissige Wände.

Die Leinwand ist schwarz geworden. Die Stühle fallen auseinander. Jetzt bringt man französische Filme. Auch das Publikum ist ein anderes: es wagt nicht mehr, mit den Mahlzeiten ins Kino zu kommen.

Man sitzt stumm da, es ist langweilig.

Es gibt nicht mehr das Mittun mit der Lüge.

Das Fest ist anderswo.

In Tanger verrät man nicht mehr.

Ich weiß nicht, ob Genet heute noch sagen wird: »...ich werde nach Tanger gehen, und vielleicht werde ich bei den Verrätern sein und einer der ihren werden...«

Das Abenteuer steht in den Büchern. Es gibt noch ein paar Verräter, aber sie leben im Verborgenen, in den Bergen oder unter dem Sand.

Das Wort gehört immer noch dem Bürger der Interzone,

das sich an die Droge klammernde graue Gespenst - der unsichtbare Mann - William Burroughs - senkt den Blick - sieht seine schmierige Hose - die Tage rutschen nur so dahin, einer nach dem andern, auf seiner Spritze mit der langen, blutigen Nadel

»ich habe die Liebe vergessen
die Heftigkeit aller Vergnügungen des Körpers
ich bin ein graues Gespenst, das sich an der
Droge festhält«

Kerouac setzte sich an einen Tisch im *Café de Paris* und redete in leere Körper hinein

Ted Joans schrieb verrückte Gedichte - las die Straßen der Stadt mit lauter Stimme

Burroughs brachte eine Klassifikation des Haschisch zustande:

Maajoun: eine Hanfart, wird getrocknet und zu feinem grünlichem Pulver verarbeitet, das die Konsistenz von Zucker hat und das man einem bestimmten Konfekt beimengt, das nach schlechtem Sandpudding schmeckt.

Andere fanden sich in der Librairie des Colonnes ein, dem Ort des pluralischen Schreibens, dem Ort der mehrstimmigen Lektüre

Genet

wirst du immer noch vom Aussehen und vom Ruf dieser Stadt sprechen, die nicht mehr Schlupfwinkel der Verräter ist, die du liebst?

kein Mensch wagt es mehr, zu verraten

junge Leute ziehen müßig über den Socco chico, um etwas Verführerisches aufzutreiben

im Glauben, die Ordnung zu verraten

im Glauben, die Macht zu verraten

im Glauben, die Familie zu verraten

sie kommen aus Amerika und Europa in dem Augenblick, da unser Kontinent seine Differenz verliert

und dennoch, andere fügen das Anderssein täglich hinein: ein Austausch von Gewalt gegen Identität

tretet in ein Café ein - laßt euch auf dem Boden nieder - kreuzt die Beine

hört zu

das Café

Ort, der Zeit entrissen

geschlossen / nicht zugänglich für Frauen

Kinder haben keinen Zutritt

Die Frau wurde an der Quelle des Mißverständnisses geboren: In einem Café kann eine Frau nur zweierlei sein: eine zur Wirtschaft Gehörende oder eine verkommene Prostituierte.

Das Kind kann dort nur eine Funktion haben: Lehrjunge-Kaffeekoch-Kellner in einem.

Aber der Übergang ins Mannesalter geschieht dann brutal: der Knabe zeigt es, indem er zu diesem Ort des Exils, zu dem nächstgelegenen, geht – eine düstere Schenke, wo sich phantastische Geschichten anbahnen – der Ort, an dem man dem Wirklichen den Rücken kehrt.

Ins Café gehen gehört in die Zeit der ersten Zigarette und der ersten Masturbationen.

Ins Café gehen - rauchen - masturbieren.

Ins Café gehen - eine zweite Bleibe haben wollen

das heißt sich einen Bezirk auf dem Kontinent der Einsamkeit wählen

man gibt sich einander - gibt sich dem Café hin: man ist *ganz Café,* wenn man beim *Kif* ist.

Ort des Schreibens.

Nein.

Nicht ganz.

Ort des Wortes. Aber welchen Wortes?

Das Wort ist selten. Das Wort ist unnütz.

Die tägliche Gewalttat gegenüber einem Volk läßt das Wort selten und nutzlos werden. Was man sagt, ist äußerer Schein. Die Worte, die gesagt werden können, sind wirklich unfähig, die andere Gewalt zurückzuhalten, jene, die anhäuft anhäuft anhäuft - bis zu jenem Tage, da sie auf der Straße im Angesicht eines friedlichen Himmels hervorbricht - bis zu jenem Tage, an dem Kinder oder Vögel den Regenbogen bluten lassen - dann versammelt man die Bäume - man türmt die Moscheen übereinander - man schlägt die Bücher auf - man färbt den Sand und ißt Algen - an jenem Tag hält man Reden - man bespringt Gazellen und höhlt die Erde aus.

Im Café tauscht man die Karten; man läßt die stumme Gewalt in der Luft flattern; sie hängt sich manchmal an die Matte, die auf dem Boden liegt - an die Matte, die an der Wand hängt.

Wenn es schönes Wetter ist, folgt man lieber dem Wort – der Stimme und ihrem Klang – um den Wanderweg zum Meer zu entdecken; das Fluidum der Leidenschaft hält uns zurück.

Die Männer sitzen mit gekreuzten Beinen da und erzählen vom Meer;

es war einmal

das ist wahr

eine seltsame, aber wahre Geschichte - ich habe erlebt, daß eines Abends, als ich bei den Grotten fischte - es ist wahr, da habe ich sie mit eigenen Augen gesehen - da habe ich sie mit den Händen gesehen - mein ganzer Körper hat sie gesehen - eine Frau - eine Frau ohne Alter - keine Sirene und auch kein Vogel - nein, eine Frau, eine wirkliche, mit langem Haar - sie war ganz nackt - sie hatte ein unbehaartes Geschlecht - sie ist erschienen wie in einem Traum, aber sie war wirklich, dann hat sie zu mir gesprochen - sie stand auf dem Wasser - sie hat zu mir gesagt - du bist ein bescheidener Mann, du bist ein Armer, du verdienst ein schöneres Leben, du liebst das Meer, du liebst die Menschen, du bist tüchtig, geh und sage den Kindern und verkünde deinen Elendsgefährten, daß sie vom Meer herkommt oder aus den Bergen, alles wird vom Wind abhängen, sie wird Früchte und Honig mitbringen, sag ihnen, daß sie sich zu ihr großzügig erweisen mögen, sie liebt die Einfachheit und die Zärtlichkeit, ihr sollt ein Fest vorbereiten, dem Kamel die Fessel abnehmen... - dann war sie verschwunden, ich habe nicht einmal die Zeit gehabt, an ihre Erscheinung zu glauben, aber ich höre sie noch - eine menschliche

Stimme - ich bin nicht für Symbole - alle jene Einflüsterungen - in Tanger haben wir es nie mit Leuten aus dem Jenseits zu tun gehabt, vielleicht weil wir den Europäern ganz nahe sind - so etwas kommt in Fès vor, besonders in den dunklen Badehallen oder in den Backhäusern - Männer sterben infolge der Verfluchung durch unsichtbare Frauen, die nachts zu ihnen reden, aber bei mir ist das anders - diese Frau war ein menschliches Wesen, ich habe vergessen, euch zu sagen, daß sie keine Brust hatte

Man erzählt das Meer. Man trinkt Tee. Man raucht Kif. Man bewegt die Hände. Es genügt die Gebärde. Sie geht der Stimme voraus. Das ist ein Bruch mit der Schrift, betonter Bruch, weil man sich der Improvisation bedient. Tatsächlich liegt die Ausdruckskraft in den Händen, in den Augen, die den Raum durchschneiden. Der Einsatz des Bildes ist nicht sichtbar; er ist zu spüren; es geht darum, die Zeit an andere Orte zu versetzen.

Man läßt sich auf die Erde nieder, auf die Matte. Die Beine gekreuzt. Das ist schon eine Entfernung, ein Unterschied - und man wird zum Hersager.

Tanger.
Marchane-Viertel.

Qahwat el-Hâfa: Café an der Klippe.

Von dieser Terrasse über der Klippe ist das Meer zu lesen: der Blick auf das andalusische Ufer gerichtet; die Füße in der weichen Erde wurzelnd.

Für manche Besucher ist das die Besinnung, die Glückseligkeit! Sie kommen von der anderen Seite des Ozeans, um ein Stück friedliche Erde zu vergewaltigen; sie ziehen sich die Schuhe aus, als würden sie in eine Moschee treten; sie sind vom Wohlgeruch des Kif herbeigelockt worden; die Brise treibt sie sacht auf die Tür zu; ihr werdet sie spät in der Nacht irgendwo in der Stadt finden, vom Alkohol niedergestreckt, ihre Taschen voller Ansichtskarten vom Paradies und voller Pantoffeln aus Tetuan; sie machen die Tour durch die mit geblümtem Papier tapezierten Häuser, verzehren Glühwürmchen, rauchen Tee, den man ihnen statt Kif aus Kétama verkauft hat, schlafen zwischen den Brüsten einer alten Hexe...

Die anderen haben im Café Platz genommen, gegen den Wind geschützt und dazu bestimmt, der Menschenzeit enthoben zu sein.

Der Ort ist nackt.

Ihn mit Mobiliar ausstatten wäre eine Art, die Zeit zu benennen.

Eine Matte und ein paar Hocker, auf die man die Gläser stellt.

Holzkohlefeuer.

Sie wissen, daß sie das Meer schützt. Sie wissen, daß es das Gleichnis ist, das sich auf vielfache Quellen verteilt -

mal ein Spiegel - mal eine Frau. Die Geste mit der Hand (der rechten, der vor Sudelei bewahrten Hand) ist vermittelnd.

Wer diese Leute beobachtet, hält das für theatralisch; »Teezeremonie« ist der treffende Ausdruck!

Nein, das ist nicht theatralisch. Es ist nichts als eine einfache Daseinsform.

Der Ort.
Der Tee.
Das Wohlbehagen.
Das Wort.
Die Geste / der Körper.
Der Kif.

1.0. Der Ort
nackt und brüderlich.

1.1. Der Tee
entfaltete Substanz.
Es heißt, er kommt aus China,
Wird getrunken, wenn er, genau abgepaßt, abgegossen wird.
Niemals in Tassen; er wird in großen Gläsern serviert.
Die Minze ist frisch; die allerduftendste kommt aus Moulay Idriss Zarhoun.
Das Glas wird (manchmal) mit einem kleinen Deckel gereicht, um zu verhindern, daß Bienen hineinfallen.

1.2. Das Wohlbehagen
Auf der Erde sitzen; an die Wand gelehnt; die Körper in weiten Dschellabas; sich nur nicht dem Körper anschmiegend / ihn nicht einengend; bequem in arabischen Pluderhosen

1.3. Das Wort

Kein Lehrer, der das Wort in seinem Besitz verwahrt.

Die Stimme schließt Botschaft und Austausch aus.

Die Asche der Worte kehrt zu der Asche des Kif zurück.

Das Wort verzehrt sich in trägen Rauchschwaden.

1.4. Die Geste der Körper

Der Körper, Bildschirm zwischen der weißen Stadt und dem wirren Gedächtnis.

Der Wind reißt leicht die Herzen an sich und hängt sie oben an die Wolken. Das Auge folgt dem Zug und verliert sich im Schweigen eines Vogels, der seine Zuflucht in den Falten des Morgens gefunden hat.

Die Penisse stehen unter den Dschellabas. Die kleinen Hinterbacken des Lehrjungen erwecken einen kaum zu unterdrückenden Taumel.

Die Penisse zerreißen die Dschellabas und jagen das Kind, das sich zwischen den Beinen des Kaffeekochs versteckt.

1.5. Der Kif

Der ausgestoßene Rauch zeichnet die Umrisse der Wälle der vergessenen Stadt.

Beim Draufschlagen auf die Sturzflut von Gelächter fordert er die Woge auf, an seinem Geschlecht den Tod zu suchen.

Das Gelächter löscht die aufgekommene Unruhe aus; es öffnet die Tore einer Stadt ohne Straßen, ohne Labyrinth, einer Stadt, deren Topographie mit dem Feuer des Morgens in Flammen stand; sich darin verlieren ist ein Glück, das die Engel des Taumels uns empfehlen.

2.0. Bleibt der Tod, den man zwischen die Finger nimmt;
in den Rillen eines Minzeblattes steckt er
geschlossener Raum
kaum in die Falte des Traums geflüstert

Der Ort ist düster
ist das das Ende des Tages? - Ist das die Nacht?
Egal…

5
Verschleierte Silben

Wie sollte man, ohne selbst zu rauchen (allein schon wegen der Unfähigkeit der Bronchien, Rauch zu schlucken), für die allgemeine Vorliebe empfänglich sein, die gewissen fremden Örtlichkeiten anhaftet, wo Kif geraucht wird? Die Gesten, die (sparsamen) Worte, die ganze Beziehung der Körper (nichtsdestoweniger reglose und Abstand wahrende Beziehung), das alles ist entspannt, entwaffnet (nicht zu vergleichen mit der Alkoholisierung, der legalen Form von Gewalt im Okzident): der Raum scheint sich eher durch eine subtile Askese (man kann zuweilen auch »gewisse Ironie« lesen) gebildet zu haben.

Roland Barthes

Rauchen

den Kif, um das auf dem Körper eingeprägte Empfinden zu erschüttern

den Kif, um die Bewegung der schwierigen Entzauberung zu schreiben - den Fluß der bedrückenden Gebärde anzuhalten - das Antlitz des ruhigen Menschen herauszumeißeln - den neutralen Raum einzunehmen - das brechende Herz stillzulegen - in den Mantel der Einsamkeit Löcher zu bohren - den Schmerz zu belügen - sich in andere Körper einzumauern

den Kif, um das Vergnügen zu verdichten - den Genuß in einem Satz ohne Umschweife zu erhaschen - das Vergessen unter offenem Himmel auszubreiten - die veränderte Wiederkunft der Gewalt

gewagte Gewalt

Gewalt, aus angehäuftem Schweigen entstanden - sie wühlt im Bauch wir halten sie in einer Wolke Rauch zurück - wir halten ihre Fäserchen in unserm Schlummer fest - wir verbergen sie hinter dem Schleier

dichter Schleier des Rauches, der Erstickung und den ersten Tod herbeiführt

zarter Schleier, der das Gesicht der Frau verhüllt

Schleier und Rauch von Silben, die tief in die Kehle zurückgedrängt wurden

Schleier und Asche des Verrats, der die Runde macht
Schleier des Lebens
auf dieser Erde sein; ihr Wasser trinken; ihre Sonne festhalten; sich ihr vermählen und sterben, weil man sie zu sehr geliebt hat
sich der Ordnung der Fliege und des Honigs entziehen
in der anderen Gewalt hausen

Kif rauchen heißt sich in den Raum eines langen, eingeklammerten Satzes zurückziehen, um den Unterschied zu nennen / zu umreißen / zu tätowieren:
die Handwerker rauchen, in ihre Einsamkeit eingeschlossen; sie haben das Recht auf jedwede Verachtung: Armut ist die Quelle der Schande; die Handwerker haben schmutzige, grobe, knotige Hände: ihre Hände sind verräterisch in den Augen der (dickbäuchigen und fetthäutigen) Notabeln in Fès und anderswo; seht euch die Gerber von Fès an: sie sind dazu verdammt, alle Färbungen auf ihrem Leib mit sich herumzutragen; sie sind Verdammte, denn der Safran hat ihre Hände, ihre Arme, ihren Bauch, ihre Hoden gefärbt...
das steht auf ihrem Leib geschrieben...
das Unrecht
ihr Unrecht ist, nahe der Erde zu leben, nahe der Quelle, nahe dem Stein - ihr Unrecht ist, daß ihr Blut »verdorben« ist durch
das Töpfermaterial
die Satzungen und Wertmaßstäbe gehen von der wohlhabenden Gesellschaft in Fès und anderswo aus: sie entscheidet über die Verteilung von Macht und Glück. Die Handwerker sowie die Bauern sind vom Land, von der Verteilung ausgeschlossen... Kein Anspruch auf das Leben!
Die Handwerker finden sich in dunklen Höhlen wie-

der, wo sie eine Linie ziehen zwischen denen, die der Himmel erwählt, und denen, die er verflucht hat; die Tätigkeit des Handwerkers / Proletariers vollendet sich in der schweigenden Herausforderung des Kif: eine Sprechweise; eine Dauer; ein Raum.

Die Sprechweise ist mit verbaler Gewalt befrachtet; die Dinge werden im Sexuellen genannt, gewendet, um und um gewendet; die Beleidigung ist einfach: ein Bezug auf die Familie, die Religion Mohammeds, das Geschlecht der Mutter.

Die Dauer ist das Ausbreiten von Wörtern und Stimmungen in unbestimmter Zeit. Die Wahrnehmung ist langsam. Verrückung der Sinne.

Der Raum entsteht an zwei Orten: der Laden; das Café.

Der Laden, wo die Hände schaffen; das Café, wo sich der Körper sich selbst überläßt. Der Laden ist auch das Kapital: der umzuformende Stoff, die hergestellten Gegenstände, die Matte, ein oder zwei Schemel, ein paar Fotos aus Zeitschriften, ein Kohlebecken, eine Teekanne und etliche Gläser, ein Transistorgerät... hinzu kommt das Brett, auf dem der Kif geschnitten wird, das Krummesser, zwei oder drei Sibâssi (Pfeifen), ein Dutzend Pfeifenköpfe (Schkâf).

Das Café ist die Ergänzung hierzu: man dichtet Verse der weißen Magie; man bläst auf den Rauchschleier, der in Turbanhöhe schwebt; man weicht nicht aus; es gibt keine Flucht... wie sollte man von »ausweichen« reden, wenn Rauchen als tägliches Bedürfnis gelebt wird? Wie von »ausweichen« reden, wenn man, um morgens zu erwachen (den Körper zu wecken, ihm die ersten Wahrnehmungen zu verschaffen), ein paar Züge machen muß (um die Augen aufzukriegen); unsere Frauen können ein Lied davon singen (sie tragen die Narben dieses täglichen Gewaltaktes), sie können auf die vom Kif und von der Not bewohnten Körper verweisen. Die Nacht hat Mühe, sich von den Körpern zu trennen, die mit der Ewigkeit gebrochen haben. Das Morgenlicht erklimmt nie diese Körper, die nicht träumen; es gleitet die Linie ihres Schlafs entlang, streift ihre Einsamkeit und verliert sich zwischen den Steinen. Wie soll man die anderen von einem künstlichen Paradies reden lassen? Da gibt es nichts Verlorenes! Die Männer, die rauchen, tun es nicht, um einen Zustand wiederzuerlangen, den sie etwa verloren haben... Sie ergötzen sich nicht... Sie erleben den Kif, ohne ihre Verzweiflung zu hintergehen, ohne ihre Klarsicht zu verlieren... Sie wollen vor ihrem Los nicht davonlaufen, nicht das Schicksal betrügen... Wie soll man einen Schleier über das Elend breiten, wenn dieses Elend durch unsere Poren atmet? Unsere Leiber, voller Tod, nähren sich von der Woge dieses Elends, sie vereinnahmen beständig das Delirium und stoßen das Halluzinationsgeflüster von sich. Unsere von Klingen durchschnittenen Leiber klammern sich an die Erde des verstoßenen Lebens

aber hat man wirklich das Leben verstoßen, das Vaters Anus in nervöser Zuckung ausgeschieden hat?, hat man wirklich gewagt, Gazellenmilch unseren Müttern zu reichen?

Kinder

wir haben Vaters Urin getrunken - mit Abscheu, mit bitterem Speichel, den Kopf voller Selbstmordflausen (immer wieder vorgebracht), so haben wir den Wunsch klar ausgesprochen, die Kif-Felder seien abzubrennen und wir würden uns dann zwischen die Beine der Harrouda kauern, uns in diesen gastlichen Körper einschließen, unsere Mütter an die Orte des Festes und der Farbe in den Traumgefilden tragen, in den magischen Baum - wir werden alle Kinder zum Speisen einladen zum Öffnen des Himmels und zum Gedichtemachen - wir werden den Kif jenen überlassen, die sich auf mondänen Soireen zusammenfinden - wir werden ihnen Eselshirn zu essen geben - wir werden mit dem Finger gegen unsere verstümmelte Kindheit tippen

wir werden unter Tausenden den Stern bezeichnen, der uns behütet - das Kamel wird mit uns kommen, um der verwirrten Gazelle den frühen Morgen zum Trunk anzubieten - und wir werden zur Poesie zurückkehren mit Säcken voller Orangen - oder was sonst tun - mit den Knochen schreiben, die die Erde noch nicht aufgezehrt hat - die Zeichen pflücken, die zwischen Himmel und Erde schweben

aber wir drängen unsere Wünsche zurück den gelben hinter den malvenzarten den grünen hinter den blauen - wir erzeugen den Rauch und das Wort - Rückstände des Körpers - Absenzen - kleine Stilleben

wir krallen uns in die Scholle, die das gefährliche Kraut hervorbringt, das malvenfarbige Kraut, den Wunsch, das Ding, das denen entgeht, die uns bewachen

wir sprechen heute die Welt unserer Einbildungen aus, das phantastische Gefilde unserer Wünsche, das Labyrinth unserer Träume - wir werden eingeschlossen bleiben

abgewiesen durch Entscheidung des einfachen Menschen, der ohne Kindheit, ohne Zärtlichkeit geboren wurde - er läßt für euch das Leuchten der Verführung Vermehrung Familie Handel Erbe Gewinn Krankheiten

Kampf mit dem Tod graue Farbe Vergessen schmierige Hand fetten Bauch plötzlichen Durchfall schleichenden Tod das Gebet des Abwesenden

die Kinder die Vögel zerschlagen die Himmelsspiegel - euch beunruhigt unsere Zermürbung, aber wißt, daß es keine Zermürbung gibt die Kinder die Vögel zerstören den Text eures Gedächtnisses verderben das Gewebe eurer Träume und belustigen die Ratten, die in euren Leibern umherjagen

welche Gewalt! - auf einem Haufen Ruinen sitzend!

unsere Kindheit ist eine närrische zärtliche Alte von einem verwundeten Vogel durchzogen, von einem würdigen Kamel irgendwo zwischen Wald und Fluß aus der Klemme geholfen, sodann auf fruchtbaren Boden gesät in ein unendliches Herz

der Kif ist unser Alphabet Magie unserer Macht lesbare Silben auf unserer Stirn lesbar auf der Schwelle des Exils

wir verschieben den Sinn der Séance

ihr sagt, daß sie rauchen, um zu vergessen - wir sagen, daß wir rauchen, um Unruhe zu stiften - der Kif ist unsere Sprache - wir sagen der Körper wie der Dichter Nissaboury sagt der Hund Nissaboury telefoniert alle Toten an und sagt zu ihnen: Schweigt, Saubande, ich bin ein ständig über der Menge hängendes Telefon

ich bin die Nacht des Geschickes ich bin Sindbad und sein zum Zyklopenleben wiedererstandener Geist

ich verschachere an dich einen Paß für meine Träumereien hier hast du meinen Zahnstein die Latrinen

ich scheiße mit der Waffe in der Hand

ich bin eine Folge von Höhlen, in denen sich alle möglichen Gedächtnisse herausbilden Nissaboury Höchstes Gedächtnis 1968 Casablanca.

Wir sagen, der Körper - wir sagen euch unser Schicksal ist eine Epopöe, warum also den Körper, der leidet und sich verliert, beiseitelassen - wir haben schon die Notabeln aus Fès über Cafés und Männer reden hören: die Cafés sind der Unterschlupf für die Zouvfris (ein Bastardwort = Beschimpfung, Straßenbengel = Unverheirateter = Arbeiter), man muß sie dementsprechend unter Verschluß halten oder wegsäbeln; man wird alle Cafés in ein einziges Viertel (ein ödes Gelände oder Wellblechviertel) verlegen; das Gebiet in Karrees aufteilen; die Zouvfris registrieren; sie sollen sich zugrunde richten, wenn sie wollen, aber unsere Kinder sollen sie nicht anstecken!, denn der Kif ist eine verratene Kultur... das kennt man, das ruiniert das Herz und macht Löcher in die Lungen... es sind lasterhafte Burschen, diese Handwerker!

Ihr täuscht euch bestimmt... Wir sind nahe der Erde... Wir haben zu den Ameisen gesprochen - zu Millionen werden sie euern Leib im Schlaf befallen - eure Haut wird von ihnen derart bedeckt, daß ihr nicht länger atmen könnt

das Ende der Erstickung ist euer Tod...

Wir sind die Kinder der Erde, die Vögel des Waldes, der Sand des Meeres, das Rauschen des Flusses, die Liebe einer Sirene, die Liebe einer Gazelle, der Schaum des Traums, die Brautleute des Meeres, die Liebe der Harrouda, die glückliche Menge, die vorwärts schreitende Menge, das vorwärts drängende Gemeinwesen

wir sind die Kinder, die zu Kamelen und zu Ameisen

reden - wir sind die großmütige Hochstimmung, das Lachen des Baums, wir sind die Nachkommenschaft einer unschuldigen und glücklichen Prostituierten - wir steigen nackt aus dem Mittelmeer und tun, als ob wir beteten...

Vorläufig nehmt zur Kenntnis, daß wir uns von der Welt fernhalten können und unauffällig in unseren bevorzugten Raum zurückkehren, den Ort der Gemeinschaft im Schutze vor der Raserei der Händler und der Alkoholiker... Wir reden wenig... Die Rede befördert nicht Worte zum Träumen, sondern Rauchschwaden, die von einem Körper zum andern wallen, wie ein paar Klänge.

Man erzählt, wenn die Stadt von zwei Meeren umschlossen ist, so deshalb, damit die Zweideutigkeit erlaubt ist.

Tanger, das heißt Ort eines Schleichhandels; Ort aller Legenden; Schnittpunkt für die Freibeuter und die Piraten.

Man erzählt auch
der Wind beeinflusse diesen Ort derart, daß die Nacht so manche Wendung des Schicksals verbergen kann
aber
Freibeuter
Piraten
Spione

Verräter

glauben nicht mehr an die Geschichten vom Wind und vom Sand

sie sind argwöhnisch und überlassen den Ort den Kindern, die der Woge vorauslaufen

angeführt von einer Frau - eine Sirene - ein Symbol

Harrouda

Pflanzenleib

Harrouda ist an die Orte aller Verrätereien zurückgekehrt - die Orte des Schmuggels und des Kif

was für eine Legende!

Ihre Ankunft wurde von einem Kamel verkündet, das durch die ganze Stadt rannte. Die Frauen auf ihren Flachdächern sangen. Die Kinder liefen vom Unterricht weg.

Der Veranstalter einer jener regionalen Jahrmärkte (ein armseliges Unternehmen, so daß nur ein paar Bürger der Interzone angelockt werden) hatte Harrouda engagiert, damit sie in einer etwas schlüpfrigen Geschichte eine Reihe erstaunlicher und außergewöhnlicher Rollen übernimmt. (Der Jahrmarktsdirektor, ein armer Schlucker, ahnte ja nicht, wer die Frau sein konnte!) Also war Harrouda die Schehersâd, die den Zuschauern Liebesmedizin verabreicht, die Matrone, die Scheicha, die ihren Bauch reden läßt, die Schlangenfrau, die allen zauberkräftigen Zeichen trotzt, die Königin, die im Haschischrausch verschachert wird, als Tänzerin und in der Hosenrolle, einen Plastikpenis schwingend, die Spinnenfrau, die in die Träume der Jugend einbricht, die Frau als Bericht... Vom Text abweichend, ist Harrouda wiedererschienen, um den eingeklammerten Teil zu schreiben. Zwischen zwei Sätzen ist sie aufgetaucht. Mitten in der Ansprache des Mannes und Herrn der Halqa (des Kreises, der sich um einen Erzähler bildet). Sie ist zurückgekehrt, weil ein seelenvoller Mystiker auf die Anzeige in einer Lokalzeitung hin (in Wahrheit war das nur ein Vorwand) geantwortet hatte:

Frau austauschbaren Alters, einstige Mittelmeersirene, Witwe des Ogers von Fès, Mätresse der Spinne Kandischa... sucht Gefährten und Mitwirkende bei der Befreiung eines Gebietes, bei der Entführung der Frauen aus dem Harem des Moulay Idriss und bei der Abrichtung der Vögel auf dem Socco chico...

Wenige Tage vor ihrer Rückkehr wurde das Gerücht in Umlauf gebracht, daß sie aussätzig sei, vom Teufel besessen, über jedermann, der mit ihr spricht oder in ihre Fußstapfen tritt, Unglück heraufbeschwöre...

Aber nun hatte die Stadt die Unruhe satt...

Harrouda ging aus dem Munde dessen hervor, um den sich die Halqa (der mystische Kreis) gebildet hatte: Pinup-Sirene, vom Regenbogen verschleiert; ihr Haar, von Argan-Öl überzogen, schimmerte in der Sonne; ihr erstes Lachen ließ Goldstücke auf die Erde fallen; Menschen bückten sich, um sie aufzulesen, aber der Stab des Vortragenden hielt sie zurück:

Ich wollte die Schlangen Indiens beschwören, und da erschien Harrouda!

Mein Stab besitzt Kräfte, die ich bisher in ihm nicht vermutet habe!

Ich habe einen Stern, keine Sirene.

Ich habe ein Vermögen, keine Frau.

Ich habe eine Gazelle mit einem Diamanten in jedem Auge...

Ich werde euch eines Tages die Geschichte von Seijidna Ali erzählen; heute möchte ich euch von Harrouda erzählen, jener Frau, die durch die Jahrhunderte gelebt und alle Verwandlungen erlebt hat; Geliebte des Papstes Sylvester II., den sie in den Labyrinthen der Karawijîn verführt hatte, danach wurde sie Königin eines Reiches unter den Meeren, genaugenommen auf dem Grund der Enge von Gibraltar - glückliche Königin Mutter der Kinder und der Vögel - Taube im Dienste des Kämpfers Abdel Krim - sie kommt heute zurück, um das Schicksal zu befragen - den Körper zu befragen - die Rede

– Eßt Honig!

Eßt Honig, sofern ihr nicht Ziegen werden wollt...

jeden Morgen einen Löffel; einen Löffel am Abend...

Tätowiert einen Fisch mit Henna, auf die eine und die andere Hinterbacke.

Färbt die Brustspitzen mit Chinasafran.

Salbt euer Haar mit Olivenöl, sofern ihr nicht Schildkröten werden wollt.

Parfümiert euch!

Parfümiere dich, mein Freund... jeder Tag hat sein Parfüm...

Hebt die Linke und seid gewiß, daß alles Lüge ist

Anmerkung

Die Wortnahme:

»Nichts zu machen: die Sprache bedeutet immer Gewalt, sprechen, das heißt einen Willen zur Macht durchsetzen: im Raum des Wortes keine Wichtigkeit, keine Sicherheit.«

Roland Barthes

Das Gespräch mit meiner Mutter ist nicht erfunden. Das ist ein gelebter Text, ein in meinem Gehör vollzogener Einschnitt; etwas, was nicht ohne Gewaltsamkeit abgegangen ist und nicht ohne die strafende Maßnahme, die daraus folgt, in Kauf genommen wird: eine erste Wunde.

Dieses Verfahren ist durch ein doppeltes Vorangehen bestimmt: eins ist introspektiv und subjektiv (vielleicht falsch, weil ich mir ein anderes Ich erlaubt habe), das andere reserviert.

Das Wort muß in (angesichts) einer Gesellschaft, die es *nicht hören will*, die seine Existenz *verneint, gesagt* werden, wenn es um eine Frau geht, die es, das Wort, zu nehmen wagt.

Diese Wortnahme besteht vielleicht in der Einbildung, weil das Wort in der Rede des Anderen ertönt. Aber das wichtigste an diesem Text ist nicht, *was* die Mutter sagt, sondern daß sie *gesprochen* hat. Das Wort ist bereits eine Haltung, eingenommen in einer Gesellschaft, die diese der Frau verweigert.

Die Wortnahme, die Initiative zum Sprechen (selbst wenn es herausgefordert ist), ist ein politisches Manifest, eine tatsächliche Infragestellung des Reglosen. In einem Zusammenhang, wo das Wort eine geläufige Sache ist, ist das Schweigen vielleicht eine eingenommene Haltung. Aber in dem bestimmten Zusammenhang, wo das Wort nie erteilt wird, verliert das Schweigen diese seine Eigenschaft. Das Stummsein gehört dann zur Verzierung. Es ist in der Natur der Dinge enthalten. Jede Gesellschaft hat einen Bildschirm, auf dem die autorisierten Zeichen erscheinen. Alles außerhalb dieser Zeichen wird verurteilt. Für unsere Gesellschaft stellt die Gesamtheit dieser Zeichen ein Buch dar.

Welchen Status soll man diesem Wort geben?

Als endloses, wieder erneuertes Wort geht es aus einer singulären und gleichzeitig pluralischen Dauer hervor, denn es ist Hören geworden, ein über mehrere Jahre sich erstreckendes Hören. Seine Unerbittlichkeit ist künstlich. Sagen wir, es existiert nicht. Es ist seit dem Moment, da man es greifen und systematisieren wollte, verschwunden. Es ist eine Rede, die im Grunde nicht geschrieben wird und nicht geschrieben werden kann. Und doch ist dieses Wort zum Schreiben geworden: es hat den Raum vertauscht. Beim Überwechseln hat es etwas verloren. Aber das ist eine Bedingung, die ich zu akzeptieren hatte. Ich huldige dem Irrationalismus des Schreibens. Das Wirkliche bewahrt sich in der Unübertragbarkeit des Wortes. Das Wort ist manipuliert worden. Dieser Irrationalismus zeigt sich in Wörtern und in Sätzen, die dem Hören hinderlich sind.

Dennoch hat es »Dinge« gegeben, die sich dem Schreiben verweigert haben. Sie sind unartikuliert geblieben. Die Einteilung des Raums (Raums der Rede) ist nicht von mir vorgenommen worden. Das Feld der Interpretation grenzt sich ein und reichert sich gleichzeitig an. Die Zensur, die als das Einschränkende von Bedeutungen gilt, wirkt hier als das Enthüllende hinsichtlich einer Gesamtheit von Bedeutungen.

Der Sinn dieser Wortnahme: er ist die Äußerung selbst.

Er ist das Hören.

Er ist nicht in dem enthalten, was auf dem Bildschirm / im Buch / im Wirklichen erscheint.

Er ist anderswo, in der Haushaltung einer Gewalt (der Haushaltung eines Dramas).

Wegstrecke

Anmerkungen

10

Oger Hier: Menschenfressergestalt aus dem überlieferten Erzählgut der Berber.

11

Ramadan Fastenmonat im muslimischen Mondjahr. Während der 26. Nacht öffnen sich vermeintlich die Himmelspforten, und die Wünsche, die in diesem Augenblick geäußert werden, sollen in Erfüllung gehen.

Haïk Langes Übergewand aus weißem Wollstoff mit Kapuze.

Oued Bach, zeitweilig ausgetrocknet.

16

Dschellaba Weiter, knöchellanger Kittel.

Hagar Magd des Patriarchen Abraham, die ihm den Sohn Ismael gebar, der als Stammvater der Araber angesehen wird.

Buch und Hadith Gemeint sind der Koran und jene Sammlungen von Überlieferungen, die sich auf Verhaltensweisen und Entscheidungen des Propheten Mohammed und seiner engsten Umgebung stützen. Beides gilt als die Rechtsgrundlage im Islam.

22

Nazarenerin Bezeichnung für die Christin.

39

Moulay Idriss Name von spezieller Bedeutung für Marokko, da die erste muslimische Herrscherdynastie von Idriss I. (gest. 783) gegründet wurde, dessen Abstammung auf den Propheten Mohammed zurückgeht. Sein Heiligtum (Moulay Idriss) befindet sich in der Nähe von Meknès.

Imam Vorbeter einer muslimischen Glaubensgemeinde.

41

Abbassidendynastie Dynastie der muslimischen Kalifen in Bagdad von 750 bis 1258.

42

Brunnen Simsim Der von einer Kuppel überdachte Brunnen in der Großen Moschee zu Mekka. Sein Wasser wird von Pilgern als wundertätiges Mitbringsel in der Heimat aufbewahrt.

43

Harûn er-Raschîd Fünfter Kalif aus der Abbassidendynastie, regierte von 786 bis 809.

48

Medina Altstadt.

53

Scherîf Bezeichnung für einen Abkömmling des Propheten Mohammed.

Hâdsch Beiname eines Mekkapilgers.

58

Allal Mohammed Allal el-Fassi, islamischer Gelehrter und politischer Führer, seit 1930 an der Spitze der nationalen Protestbewegung in Marokko, aus der die erste politische Partei, die Watani-Partei, hervorging.

67

Karawijîn Eine der berühmtesten Universitäten der arabischen Welt, in der Altstadt von Fès.

Feda'ijîn Freiheitskämpfer.

74

Îd-es-saghîr (arab.) Das kleine Fest; Fest nach Beendigung des Fastens während des Monats Ramadan.

Îd-el-kabîr (arab.) Das große Fest; Fest zur Erinnerung an Abrahams Opfer, wobei traditionell ein Hammel geschlachtet wird.

81

Zaouïa Versammlungs- und Wallfahrtsstätte einer religiösen Bruderschaft, die einen Lokalheiligen (Marabut) verehrt.

Kuskusessen Gericht aus Weizengrütze, die über dem Dampf kochender Fleischbrühe mit Gemüse und Gewürzen gegart wird.

Tolba Plural von Tâlib = Student der islamischen Theologie.

Schurafâ Plural von Scherîf = Nachfahr des Propheten Mohammed.

87

Spinne Kandischa Ungeheuer in Gestalt einer schwarzen Spinne mit feurigen Augen und Ziegenfüßen, die schwere Ketten nach sich schleift.

88

Faqîh Islamischer Rechtsgelehrter. Die Rechtssatzungen entspringen nach muslimischer Auffassung der göttlichen Offenbarung.

90

anläßlich des Maulûd-Festes Festtag zu Ehren der Geburt des Propheten Mohammed.

Guillaume Französischer General, der von 1912 bis 1933 an den sogenannten Befriedungsaktionen in Marokko beteiligt war; von 1951 bis 1954 Generalresident.

94

Târik-Felsen Gemeint ist der Felsen von Gibraltar (arab: Dschebel el-Târik), der seinen Namen von dem Feldherrn Târik ibn Sejjâd herleitet, welcher 711 mit seinem Heer die Meerenge überquerte, um Spanien zu erobern.

95

Rif-Krieg Erhebung und Widerstand der Berberstämme im Norden Marokkos gegen die spanische, später auch französische Okkupation. Vgl. Anm. *Abdel Krim al-Khattabi* zu S. 104.

96

Tingi Bezeichnung für Tanger.

97

Kasbah Zitadelle; Altstadt.

98

Ibn Battuta (1304–77) berühmter marokkanischer Reisender, dessen umfangreicher Bericht (»Rihla«) Beschreibungen und Nachrichten aus der gesamten damaligen islamischen Welt enthält.

Kalpe…Abila Erhebungen beiderseits der Straße von Gibraltar, auf der europäischen Seite Kalpe, auf der afrikanischen Abila, im Altertum die Säulen des Herkules genannt.

103

Socco grande (levantinisch) Der große Markt.

104

Abdel Krim al-Khattabi (1881–1963) Führer der Rif-Stämme während ihres bewaffneten Kampfs gegen die spanische und französische Okkupation in Marokko. Die spanischen Truppen wurden am 21. Juli 1921 bei

Anual und Mont-Arrui vernichtend geschlagen. Die Kampfhandlungen zogen sich jahrelang hin. 1924 gründete Abdel Krim al-Khattabi im nördlichen Teil Marokkos die Republik der konföderierten Rif-Stämme. Durch das Eingreifen der französischen Truppen zu Beginn des Jahres 1925 stand ihm eine gewaltige Übermacht gegenüber (60 Generale unter dem Oberkommando des Marschalls Pétain, die 32 Divisionen und Hilfstruppen befehligten und über 44 Flugzeugstaffeln verfügten). Im Oktober 1925 kapitulierten verschiedene Stämme. Abdel Krim mußte sich im April 1926 ergeben und wurde auf die Insel Réunion im Indischen Ozean verbannt. Als er 1947 nach Europa zurückgeführt werden sollte, entkam er bei einer Zwischenlandung im Suezkanal und flüchtete nach Kairo, wo er an der Spitze des Komitees zur Befreiung Marokkos stand. Er starb 1963 in seiner Heimat.

106

Hedschas Küstengebiet am Roten Meer mit den Wallfahrtsorten Mekka und Medina.

im dritten Jahrhundert nach der Hedschra Die Hedschra, der Auszug des Propheten Mohammed mit seinen Anhängern aus Mekka, geschah 622 und ist der Beginn der muslimischen Zeitrechnung. Bereits im folgenden Jahrhundert begann das Eindringen arabischer Stämme in Marokko und die Verbreitung des Islam unter der berberischen Bevölkerung. Die Zuwanderung hielt auch in den folgenden Jahrhunderten an. Vgl. Anm. zu S. 114.

109

Kaïds Lokale Verwaltungsbeamte aus dem Kreis der ortsansässigen Honoratioren.

110

Lyautey Französischer General, später Marschall; nach Errichtung des französischen Protektorats über Marokko erster Generalresident von 1912 bis 1924.

111

Berenguer Spanischer General, Hochkommissar des spanisch besetzten Teils Marokkos von 1920 bis 1930.

114

Beni Hillal Arabischer Stammesverband, der 1154 von den herrschenden Almohaden (marokkanische Dynastie von 1147 bis 1269) besiegt und verstreut angesiedelt wurde.

120

Seijidna Antar Rittergestalt eines umfangreichen arabischen Volksromans (»Das Leben Antars«), dessen Handlung einen Zeitraum von nahezu 600 Jahren umfaßt und der von legendären Begebenheiten aus dem vorislamischen Arabien, aus der Epoche der muslimischen Eroberungen in Asien und Afrika und von den Kämpfen mit den Kreuzrittern berichtet.

Kaaba (arab.) Würfel; Hauptheiligtum des Islam in Mekka. Die Bezeichnung leitet sich von dem würfelförmigen Bauwerk ab, in dessen Wand der von Pilgern verehrte Schwarze Stein eingemauert ist.

Umm Kulthûm Berühmte ägyptische Sängerin (gest. 1975), deren Gesänge eine lange wiederkehrende Klage auf das verlorene oder unerreichbare Glück darstellen.

122

Interzone Niemandsland zwischen der spanischen und französischen Zone in Marokko, durch die zur Zeit des Rif-Kriegs der Nachschub für die Kämpfer Abdel Krims erfolgte.

123

Socco chico (levantinisch) Der kleine Markt.

143

Schehersâd Gestalt der Märchenerzählerin aus »Tausendundeiner Nacht«.

145

Seijidna Ali Ali ben Abi Tâlib, Schwiegersohn des Propheten Mohammed, ist der Protagonist vieler islamischer Legenden.